Walschburger, Ute Bergdolt de
El tesoro de Tibabuyes y otros mitos y leyendas de nuestra América /
Ute Bergdolt de Walschburger; ilustraciones Boris Greiff. — Edición
Gabriel Silva Rincón. — Bogotá: Panamericana Editorial, 2001.
128 p.; 21 cm. — (Colección Letras Latinoamericanas)

ISBN 958-30-0850-8
1. Leyendas latinoamericanas 2. Cuentos populares latinoamericanos
3. Leyendas colombianas 4. Cuentos populares colombianos
5. Leyendas indígenas - América Latina I. Greiff, Boris, il. II. Silva Rincón, Gabriel, 1955-   , ed. III. Tít. IV. Serie
398.2098 cd 20 ed.
AHF3931

CEP-Biblioteca Luis-Ángel Arango

UTE BERGDOLT DE WALSCHBURGER

El tesoro de Tibabuyes
y otros mitos y leyendas
de nuestra América

PANAMERICANA
EDITORIAL

Editor
Panamericana Editorial Ltda.

Dirección editorial
Andrés Olivos Lombana

Edición
Gabriel Silva Rincón

Ilustraciones
Boris Greiff

Diseño de carátula
Diego Martínez Celis

Diagramación electrónica
Rafael Rueda Ávila

Primera edición, septiembre de 2001.

© 2001 Ute Bergdolt de Walschburger
© 2001 Panamericana Editorial Ltda.
Calle 12 No. 34-20 - Tels.: 3603077, 2770100 - Fax: (57 1) 2373805
Correo electrónico: panaedit@panamericanaeditorial.com.co
www.panamericanaeditorial.com.co
Bogotá, D. C. - Colombia

ISBN: 958-30-0850-8
ISBN de la colección: 958-30-0849-4

Impreso por Panamericana Formas e Impresos S. A.
Calle 65 No. 95-28 Tel.: 4302110, 4300355 Fax: (571) 2763008
Quien sólo actúa como impresor.

Impreso en Colombia   Printed in Colombia

Contenido

	Pág.
PREFACIO	7
ARGENTINA	
Cómo nacieron los cactos en el valle de Humahuaca	9
Cómo el río de la Plata recibió su nombre	14
Lo que los horneros les enseñaron a los hombres	18
Anahí, la que llegó a ser el ceibo, árbol adorado de la Argentina	21
La leyenda del sauce	25
El cuento de Maitén y del Nahuel Huapí	28
El caburé, el mago entre los pájaros	34
BOLIVIA	
El nacimiento del pañeve	37
Mientras haya mandioca para el casabe no habrá hambre entre los indígenas	40
CHILE	
La piedra milagrosa del cacique Namún Curá	44
El milagro de Petronilo el ciego	47
COLOMBIA	
Los hombres del rayo y del trueno	50
El tesoro de Tibabuyes	54

El moján del Tequendama 64

Cómo la Virgen María ayudó a los huérfanos
de Boyacá 68

La estrella que ayudó a Ermelinda 72

Doña Juana 75

Ecuador

El secreto de Otavalo 82

México

La hermosa flor mudubina, de la laguna
de Chivelé 85

Cómo nacieron el cacto y la orquídea en
el reino de los mayas 90

Paraguay

¿Cómo se formaron las cataratas
de Iguazú? 93

La maldición del abuelo 98

Crespín y Crispina 100

La leyenda del urutaú 104

La leyenda del timbó 107

Perú

Leyenda del árbol tenejote 110

Cómo apareció el colibrí, o de cómo llega
el alma de un niño indígena al cielo 116

Uruguay

El camalote, la maravillosa flor azul 119

Venezuela

La virgen, su corona y el carpintero real 123

Prefacio

En este libro recojo varias de las leyendas de la tradición oral de los pueblos indígenas y campesinos latinoamericanos. Estos relatos dan testimonio del saber popular y de su manera, muchas veces mágica, de entender o explicar el mundo que rodea a estas culturas. Las leyendas se han transmitido y seguirán transmitiéndose de generación en generación, y son un instrumento maravilloso para ayudar a mantener viva la diversidad de cultura que caracteriza a América.

Con estas leyendas se revivirán tiempos lejanos, se conocerán otras culturas, mitologías y costumbres, muchas de ellas, lamentablemente, ya en proceso de desaparición.

Este viaje raizal evocará con nostalgia las ricas cosmogonías muy cercanas a la influencia de los dioses y las leyes de la naturaleza. Con cierta regularidad, veremos cómo el individuo es transformado por gracia de los dioses en una planta o en un animal, y de esta manera gozar una vida eterna. Esta transmutación no es un castigo, como en las leyendas de origen árabe o cristiano-europeas, sino algo inherente a la relación armoniosa entre el ser humano y su naturaleza. Además, las lecciones morales que se desprenden de las leyendas, y por tanto trascienden lo anecdótico, sitúan éstas en lo universal, brindando una visión e interpretación única del mundo.

Quiero que este recorrido cultural latinoamericano sea un placer para los lectores de todas las edades: gocen la espiritualidad que surge muchas veces de lo simple y de lo autóctono.

La autora

ARGENTINA

Cómo nacieron los cactos
en el valle de Humahuaca

EN MUCHAS LEYENDAS OÍMOS hablar del valle de Humahuaca. Siempre se describe como un paraíso, como un jardín lleno de felicidad y hermosura. ¿Cómo es posible que hoy día sea un valle seco, arenoso, lleno de cactos espinosos? Lo único que le da color al paisaje es la cumbre del Chañí. El sol se refleja en su capa de hielo que se sumerge en un cielo profundamente azul.

El Chañí podrá decirnos algo de lo que ha pasado, pero contaremos lo que nosotros sabemos.

En tiempos pasados, los calchaquíes y los diaguitas vivían cerca del valle de los humahuacas. Ellos no poseían viviendas fijas. Eran cazadores. Se trasladaban de un sitio a otro en busca de comida. Los humahuacas eran distintos. No salían de su valle, pero tampoco permitían que nadie entrara en su región.

No buscaban alimentos en otras partes. El valle les daba todo lo que deseaban. Había árboles de guayaba y chirimoya en las pendientes de los cerros. Poseían rebaños de guanacos o llamas, que pastaban en las orillas de los ríos. Aquéllos les daban lana, cueros, carne y leche.

Sembraban el maíz y la papa junto a los fríjoles rojos. Claro está, tenían que trabajar, pero no les parecía duro.

No conocían la necesidad ni la miseria y obedecían gustosos a sus caciques, que los protegían contra todos los males. Nunca se sabía de peleas entre ellos; parecía que en aquel valle no se conocía la envidia ni la maldad. Los vecinos estaban convencidos de que los humahuacas tenían un contrato especial con Pehuenche, el gran dios de esa región. "¡No se merecen esa bendición. No es justo que tengamos que sufrir hambre, mientras ellos viven en la opulencia!", decían.

A los humahuacas no les molestaban estas palabras. No las oían; trabajaban y festejaban cuando cosechaban. Sabían preparar una bebida deliciosa de maíz y no sólo la tomaban, sino también la ofrecían a su dios sobre los altares junto con una muestra de lo que recibían de sus sembrados.

Cuando los vecinos escuchaban los sones de los tambores y de las flautas, se amargaban más y más. Un día, decidieron destruir a los humahuacas. ¿Cómo se podía hacer? "Les enviaremos a la mujer más bella de nuestra tribu. Ella tiene que conquistar al cacique y conseguir que venga a visitarnos. Una vez fuera de su valle, podremos vencerlos y apoderarnos de sus tierras".

Eligieron a Maisí. Dijeron: "Ella baila y canta como ninguna. Sus ojos engañan a un hombre". Maisí estaba de acuerdo. Se adornó con plumas de colores que contrastaban con su piel morena y su cabello liso y negro, que brillaba al sol.

Los guardias en la entrada del valle la dejaron pasar. ¿Quién podía resistir a tanta belleza?

Maisí con asombro paseaba por el valle. Nunca había visto sembrados ni frutales, nunca había conocido orden y prosperidad. Y cuando se acercaba a las viviendas, se sorprendía todavía más. Cómo estaban de bellas las casas con sus flores y cómo lucían las mujeres sus vestidos de lana fina. Pero ninguna era tan sutil y esbelta como la visitante; ninguna tenía un andar tan ondulante como el de Maisí. Escogió la casa más grande para entrar. Y no se equivocó. Era la vivienda del cacique. Se arrodilló ante él y dijo: "Vengo con un mensaje de amistad de mis compañeros. Queremos vivir en paz con ustedes. Deseamos aprender a organizar nuestra vida. Te rogamos que seas nuestro maestro".

El cacique no estaba convencido de la verdad de sus palabras. "¿Cómo pudiste entrar en el valle?", le preguntó. "Nunca hemos recibido nada bueno de ustedes, siempre ha sido engaño y maldad".

"¡Mira mis ojos cacique!", dijo ella, "en ellos está la honradez y la verdad de mi mensaje!" Y ella sabía por qué le pedía que la mirara. No existía hombre que pudiera rechazar el amor que prometían sus ojos. El cacique de los humahuacas no era una excepción, más cuando Maisí empezó a bailar y a cantar. Sus movimientos eran más graciosos que los de las mujeres del valle, su voz más dulce y tentadora.

Maisí se quedó un buen tiempo. Aprendió a hilar y tejer la lana; se mezclaba con las mujeres cuando iban a deshierbar los surcos, pero todo era engaño, porque aquello la aburría. Quiso demostrarle al cacique su buena voluntad, su deseo de aprender para compartirlo con los de su tribu. Y el cacique se dejó engañar, tal vez más por su amor que por su trabajo.

Maisí pensó que había llegado el momento de ejecutar su plan. Y envió un mensajero, avisándole a su tribu que

los humahuacas aceptarían una invitación para unirse en fiesta con ellos.

Y un día salieron los humahuacas; llevaban los ancianos, mujeres y los niños. Querían mostrarles lo que se podía lograr si se trabaja con anhelo.

A Maisí no le costó trabajo llevar a los humahuacas hacia el sitio de la emboscada preparada por los diaguitas y calchaquíes. Éstos se lanzaron encima de los humahuacas y en poco tiempo aniquilaron a todos los hombres; dejaron al cacique, a las mujeres y a los niños. El cacique no soportaba lo que veían sus ojos. "Pehuenche", exclamó, "no permitas que esta traición quede sin castigo, transforma nuestro valle y nuestras viviendas para que no les den albergue a nuestros enemigos. Hazlos sufrir por tanta crueldad". No pudo continuar, porque una flecha lo calló. En el momento de rodar por tierra, su cuerpo se convirtió en un cacto, lleno de espinas. Y a todos los humahuacas muertos les sucedió otro tanto. Las mujeres y los niños comenzaron a correr hacia su valle, perseguidos por los calchaquíes y diaguitas.

Allá también se convirtieron en cactos como sus esposos y padres. Al ver eso, los enemigos arrasaron el valle, tumbando los árboles y prendiendo fuego a las viviendas.

Y desde entonces el valle de Humahuaca quedó invadido de arena y esterilidad. Los humahuacas habían logrado defender su valle de los invasores.

Los calchaquíes culpaban a los diaguitas y éstos a los calchaquíes del desastre, así que siguieron combatiéndose.

Se dice que algún día habrá otra vez fertilidad en el valle de Humahuaca, será el momento en que los hombres aprendan a vivir en paz.

Cómo el río de la Plata
recibió su nombre

EL SOL Y LA LUNA DECIDIERON regalarle a la Tierra la luz del día y de la noche. La Luna –con sus hijas las estrellas– iluminaba la noche con todo el brillo de plata que el cielo reflejaba. Y el padre Sol se encargaba de calentar y dejar crecer las cosechas de sus hijos.

En aquellos tiempos lejanos, los hombres no sólo admiraban las estrellas en el cielo, también lo hacían en la Tierra. A veces, durante el día, las niñas Estrella bajaban de su morada celestial para bañarse en las aguas cristalinas del río Paraná y Uruguay, que formaban un ancho cauce antes de entrar en el mar. Allí, ellas lavaban sus coronitas de plata, que en el centro estaban adornadas por una estrella. Ésta siempre debía estar muy limpia para que pudiera relucir durante la noche.

El padre Sol siempre estaba pendiente de sus hijas; le encantaba que ellas fueran a divertirse en la Tierra. "¿Para qué hicimos este jardín hermoso? Nuestras hijas deben disfrutarlo y también estar junto a sus hermanos que viven en la Tierra".

Mucho tiempo pasó en paz y armonía. Pero siempre hay seres que les gusta crear confusión, fomentar maldad e incitar a la guerra. Son los seres que se ocultan debajo de las

14

montañas, que hacen temblar a la Tierra, que hacen salir la ardiente lava de los volcanes, y que también generan intriga entre los humanos diciéndoles: "Olviden que ustedes han llegado del cielo. Nosotros somos de la Tierra y ustedes nos pertenecen. Tienen que obedecernos. El hombre está aquí para luchar, para mostrar su fuerza en la guerra. Tienen que saber matar y destruir".

Entre estos seres malditos también se encuentra la gran Culebra de la marea, que recoge el agua con su inmensa boca y la deja salir nuevamente, bajando y subiendo así el nivel del agua. En toda la región que frecuentaban las niñas Estrella no había ni plata ni oro bajo la tierra. Hasta las piedras escaseaban.

¡Cuán vivo era el deseo de apoderarse de algo brillante entre los seres de la oscuridad! Ellos estaban decididos a robar las coronas adornadas con estrellas que usaban las hijas del Sol y de la Luna. Todos se unieron y dijeron: "Soplaremos con fuerza y el viento desatará una tormenta. Así del cielo no se podrá ver lo que está sucediendo en la Tierra".

La culebra fue enterada del plan. Tendría que moverse con violencia, provocar enormes olas y salpicar gran cantidad de agua para asustar a las niñas Estrella.

Los canallas que se ocultaban debajo de la Tierra también saldrían para gritar y revolcar la orilla. Siempre hubo discordia entre ellos, pero cuando existe el deseo de conseguir lo que pertenece a otros se llega aun acuerdo. También se habló de levantar una nube de niebla para tapar la cara del Sol.

Y llegó el día en que se desarrolló el plan que había costado trabajo poner en marcha. Las niñas celestiales se fugaron cuando vieron a la gigantesca culebra y al escuchar el bullicio que se había organizado en la playa. Del susto casi todas las niñas Estrella dejaron caer su corona. Nunca habían sido atropelladas de forma tan brutal. Pálidas y llorando se dejaron consolar del Sol y de la Luna. "¿Qué vamos a hacer para remplazar lo perdido?"

Al fin se desvaneció la nube que tapaba los ojos de la pareja celestial. Vieron que el agua cristalina que llevaban los ríos Paraná y Uruguay había perdido su limpieza. El agua estaba revuelta. Tenía un color amarillento y sucio. ¿Y por qué? Toda la chusma en su afán de conseguir las coronas de las niñas Estrella se lanzó al agua. En lo hondo buscaban entre el lodo el tesoro perdido. Y lo siguen buscando hasta el día de hoy, porque nunca el río de la Plata volvió a tener aguas cristalinas.

¿Y cómo volvieron a resplandecer las niñas Estrella en el cielo? ¿Cómo consiguieron nuevas coronas? Fue así: el Sol y la Luna mandaron a cuatro de sus hijos varones, a las tierras que hoy se llaman Perú, porque allí era fácil conseguir metal brillante. Les comunicaron a los hombres que vivían en esa región: "Necesitamos bastante oro, pues tenemos que fabricar coronas con estrellas para mis hermanas". Entre todos se logró reunir suficiente metal para las coronas. Los hombres ayudaron a elaborar las nuevas coronas y éstas fueron llevadas al cielo. Desde aquel entonces se ven brillar sólo estrellas de color oro. Las de color plata son muy pocas. Los cuatro hermanos que coordinaron este trabajo se quedaron entre la gente de las altas montañas de los Andes. Tomaron el nombre de incas y levantaron un imperio del Sol en la Tierra. Se dice que en el reino de los incas no había miseria ni hambre. Estos hijos del Sol supieron llevar bienestar a su gente. ¡Qué lástima! Allá también llegó la guerra y la destrucción.

Lo que los horneros
les enseñaron a los hombres

Allá el barro si está blando,
canta con gozo sincero.
Yo quisiera ser hornero
y hacer mi choza cantando.

Este verso se oye a menudo cuando un hornero aparece construyendo su nido. Es un nido especial: redondo como una bola, hecho de barro y con una entrada, así que le da abrigo tanto a los padres como a los hijitos cuando salen de los huevos. Los gauchos quieren a los horneros y algunos de ellos recuerdan el cuento que les contó la abuela. Ella sabía del origen de este pajarito carmelito que canta: "Vean holgazanes, vean holgazanes". En los tiempos pasados, cuando los blancos no habían llegado todavía a esas tierras, las tribus eran nómadas. Llevaban sus toldos de cuero y los armaban en los sitios donde encontraban suficientes animales para cazar y así poder alimentar a sus familias. Aprovechaban la inmensidad de las llanuras para sentirse libres y gozar de la riqueza de la pampa.

Una tribu decidió alejarse de la llanura, y penetrar en las selvas desconocidas. Encontraron un lago y decidieron quedarse allí, porque de noche venían los venados a tomar agua y entonces era fácil conseguir la carne necesaria para la comida. Un indígena mata solo lo que puede consumir

en pocos días. Él respeta las leyes de Pacha Mama, la madre Tierra. Pero cerca del lago no había lugar para armar los toldos. Entonces empezaron a construir unos refugios en las copas de los árboles. Con las ramas gruesas se podían armar las bases para las camas y con los toldos fabricaban techos, que los abrigaban de la lluvia y cuando el bosque se cubría de niebla.

Los pájaros estaban asustados. Estos hombres no respetaban sus nidos. Se robaban los huevos. Los muchachos cogían los polluelos. Las aves decidieron quejarse ante Pacha Mama. Ella observó que la tribu se había apoderado de una región que pertenecía a los pájaros. "Ya que no tienen lugar para levantar sus toldos, hay que mostrarles cómo se pueden construir viviendas estables. Creo que ellos van a quedarse en la selva, pues encontraron un lugar donde hay todo lo que se necesita para vivir: abundante agua, animales para cazar, leña para cocinar la carne y caña para fabricar sus flechas".

En ese momento, vio un niñito perdido. Estaba llorando. Pacha Mama lo tomó en sus manos y le dio plumas del mismo color de su piel, ojos oscuros y unas plumitas negras sobre su cabeza. "Tú le vas a enseñar a tu gente cómo hacer casas de barro". El hornero, como bautizó a su nuevo pájaro, rápidamente aprovechó el barro blando, que había en el barranco del lago, y empezó a hacer su casita, un nido redondo gris, con una puertecita para entrar y salir.

Los hombres lo vieron, lo admiraron y oyeron su grito: "¡Vean holgazanes, vean holgazanes!"

"Uno sólo no es suficiente ejemplo, pero que lo imite la gente", pensó la madre Tierra. Tomó a varios de los niños de la tribu y ante los ojos asombrosos de las madres les dio plumas y alas de los horneros. Éstos le enseñaron a su pueblo cómo tenían que usar el barro para construir viviendas durables y abrigadas. Los horneros no se apartaron de los hombres. Siguen viviendo a su lado y permanentemente les recuerda cantando: "¡Vean holgazanes, así se hacen las casas!" Pacha Mama estaba contenta con su logro: darles vivienda a sus hijos humanos y hacerlos permanecer en un mismo sitio.

Anahí, la que llegó a ser el ceibo, árbol adorado de la Argentina

EN EL NORTE DE LA ARGENTINA se ve en toda parte este árbol esbelto que reluce con sus panojas escarlatas. Le gusta el clima templado donde haya lluvia en abundancia. Los gauchos cantan del ceibo:

Acostado bajo el ceibo mío
empiezo a soñar,
olvido miseria y frío
y pienso en un hogar
donde mi dulce moza
me espera en su choza
y oigo voces queridas
y veo las almas idas
que en el cielo me aguardarán.

Y cuando los gauchos entonan estos versos con cierta melancolía, siempre habrá uno dispuesto a contar el cuento del ceibo, que no se ha olvidado.

Anahí era la muchacha más fea de la tribu. Su cara no tenía rasgos de mujer. Parecía casi un hombre. Su cuerpo tampoco tenía la gracia de una muchacha. Las fuerzas de sus brazos superaban a las de muchos guerreros. Tallaba sus propias flechas, y su arco también lo hizo ella misma; era más poderoso que el de los otros; siempre daba en el blanco, ya sea en la cacería como luchando contra el enemigo; y con su lanza no tenía igual en la tribu.

Por su destreza, prefería salir con los hombres de cacería y de pesca. Despreciaba el trabajo de las mujeres. No le gustaba sembrar la tierra, ni cosechar el maíz. Los hombres se acostumbraron a ver a Anahí en las salidas con ellos. Se dieron cuenta de que era una persona que jamás se rendía, ni se cansaba y que nunca se echaba atrás ante un peligro, dando así ejemplo de perseverancia. Pero Anahí no sólo superaba a los guerreros en la lucha contra tribus enemigas, sino que también poseía un arma secreta: tenía una voz que le daba un poder especial sobre los humanos. Nadie podía resistir a su encanto.

Su voz de muchos matices podía sonar suave como el canto de un pájaro y fuerte como el sonido de un hacha que rompe sobre la piedra. La voz de Anahí era milagrosa, pues con ésta podía mandar a cualquiera y todos le obedecían. La tribu la dejó entrar en el Consejo de los sabios porque sabía que Anahí gobernaba a su manera entre los guaraníes.

En el momento en que las naves de los invasores españoles llegaron a las tierras del Paraná, Anahí reconoció el peligro que tenían que afrontar los indígenas. Exclamó: "Estos hombres de piel blanca no son dioses, son enemigos que nos quitarán las tierras y nos subyugarán para que tengamos que trabajar para ellos. Nuestra libertad está en peligro". Los hombres le aseguraron que esa gente era invencible porque usaban armas de rayo y fuego. "Ustedes verán que no son amigos sino enemigos como jamás hemos tenido que combatir".

En realidad, se oyeron cuentos terribles de tribus que perdieron a todos sus hombres cuando se atrevieron a enfrentar estos invasores. Anahí dijo con firmeza: "Yo conduciré el ataque. Nos acercaremos durante la noche y llevaremos antorchas en las puntas de nuestras flechas que atravesarán las cercas de palo que ellos erigieron". Realmente, los ataques de Anahí tuvieron éxito.

Durante este tiempo de peligro, los guaraníes habían olvidado llevar flores y frutas a los altares de Tupá, los lugares sagrados que estaban escondidos en la selva. Sus preocupaciones los absorbieron de tal manera que no pensaron en su gran padre en el cielo. Y la calamidad finalmente sobrevino. En el último ataque a los españoles, Anahí fue hecha prisionera. Anahí fue atada y llevada ante el jefe español. "Tendrá que morir", dijo él. "Sabemos que ella es la cabecilla de todas estas incursiones".

Anahí fue atada aun palo y dos soldados permanecían a su lado para custodiarla durante la noche. Tan pronto los españoles se retiraron a sus tiendas, Anahí empezó a cantar con una voz suave y encantadora. Los guardianes jamás habían escuchado un voz de mujer con semejante belleza. Quedaron hechizados. No podían resistir la tentación, tenían que obedecer a la voz que estaba susurrando en sus oídos, prometiendo amor. Cortaron los lazos de la prisionera, pero no encontraron el amor prometido, sino la muerte. De esta manera Anahí logró escapar.

Mientras tanto, la gente de su tribu trataba de conseguir el perdón de Tupá, ante la negligencia mostrada en sus altares. Pero el gran Dios no se dejó apaciguar. Durante el siguiente ataque, Anahí volvió a caer en manos del enemigo. Esta vez el jefe no vaciló. La hizo llevar a un sector aislado y les dijo a los soldados que tenían que atarla a un árbol y fusilarla inmediatamente. Los soldados se marcharon con la prisionera, pero al rato regresaron y dijeron: "No pudimos cumplir su orden. La muchacha no nos dejó disparar. Su voz era tan dulce y dominante, y su hechizo tan fuerte que no pudimos hacer otra cosa que huir". El jefe hizo traer un poco de lana sin hilar y les ordenó a los soldados ponérsela en sus oídos. Él mismo acompañó a sus subalternos. "Esta vez vamos a quemar a la bruja", dijo. Rápidamente acumularon palos y ramas alrededor de la prisionera. Ella cantaba, pero los españoles no la podían oír. Prendieron la hoguera. Estos hombres quedaron maravillados al observar que al apagarse las llamas en la madrugada había un árbol en el sitio donde fue incinerada la indígena. Tupá le dio vida eterna a la valiente Anahí. Había creado el ceibo que en la Argentina es un símbolo de libertad.

La leyenda del sauce

Abajo del sauce verde, donde corre el agua fría,
ahí te tengo retratada, pedazo del alma mía.

Así canta el gaucho del sauce, árbol con ramas cortas y hojas brillantes unidas entre sí, y que parecen una manotada de pelo cortado. Cuando se da la oportunidad, también se cuenta la leyenda del origen de este árbol.

En la orilla del majestuoso río Paraná, hace mucho tiempo, hubo un pueblito indígena. Los guaraníes aún no habían perdido su fe en el gran Tupá, aunque cada vez llegaban más blancos en sus naves que se metían por todas partes.

Y en ese pueblito había una niña muy hermosa. Lucía un cabello negro, largo, brillante, completamente liso. Y como toda la tribu admiraba ese cabello, ella lo cuidaba mucho. Se bañaba en las aguas del Paraná y después se sentaba y lo dejaba secar a los rayos del sol. El viento jugaba con su pelo y ella se sentía feliz.

Una tarde, cuando estaba peinándose, vio a un muchacho extraño que bajaba en su barca por el río. Él se detuvo. No siguió remando. Quedó hechizado con la hermosura de aquel cabello. La niña no respondió el saludo, porque sabía que los indígenas no debían hablar con los de piel

blanca. Eran enemigos. Pero unos días más tarde, el muchacho volvió a pasar: "¡Qué bella eres, exclamó!" "¡Quiero tocar tu pelo! Nunca he visto algo tan brillante, tan negro y tan largo".

La niña que entendía algo de español, le gustó lo que el joven decía. El muchacho hablaba de una manera cariñosa. Los hombres de su tribu eran de pocas palabras y nunca la elogiaban así.

Pasaron algunos días, y el joven finalmente se detuvo y pasó un rato con la niña indígena. "Ven conmigo", le dijo. "Te amo y me falta una mujercita como tú".

Las otras niñas de la tribu se dieron cuenta de que Mañaí –así se llamaba la niña– se demoraba mucho tiempo bañándose en el río. "¿Qué la detendrá allá?", preguntaron. Decidieron averiguar qué pasaba; naturalmente, también las movía la curiosidad. Encontraron a la pareja de enamorados. El muchacho español estaba sentado al lado de Mañaí jugando con su abundante cabellera y susurrando a su oído palabras de amor. Aunque no se escuchaba bien, se dieron cuenta que se trataba de un amorío; eso sí lo supieron de una vez. Corrieron a ver al cacique para contarle lo que habían visto. Él se enfureció: "Ustedes saben que nosotros no queremos que se vayan con el enemigo".

Cuando Mañaí llegó al atardecer, la tribu estaba esperándola. "Yo me voy a ir con este muchacho", exclamó. "Me llevará a su vivienda y me quedaré con él para siempre". "No lo vamos a permitir", dijo el cacique. "Ven para acá".

La niña tuvo que arrodillarse y el cacique le cortó el cabello. Había perdido lo más bello que poseía. Se escondió y no se dejó ver más. Cuando amaneció se metió en el río y se dejó llevar por la corriente. "Tupá, no quiero vivir más". El mismo día vino el muchacho y cuando no encontró a Mañaí en la orilla fue al pueblo a reclamarla como su novia. "Me voy a casar con ella". "La muchacha ya no está aquí", le dijeron los indígenas.

El joven se sentó a la orilla del río Paraná donde vio por primera vez a la niña de los cabellos hermosos. De repente, descubrió a su lado una pequeña planta que nunca había visto. Mañaí le hablaba del gran Tupá que daba vida eterna a los que se lo suplicaban. Sacó la plantica con las raíces y se la llevó. La sembró en una vasija para llevarla a su patria como un recuerdo. Las hojas de aquella le hacían recordar el brillo del pelo de su amada. El muchacho llevó su recuerdo, pero las orillas del río se poblaron con sauces que recordaban el cabello abundante y brillante de Mañaí.

El cuento de Maitén
y del Nahuel Huapí

LOS POYAS Y PEHUENCHES VIVÍAN en la región del Nahuel Huapí. Estas tribus no eran enemigas, pero tampoco amigas. Había poco que cazar entre aquellos lagos. Los hombres tenían que escalar las montañas en busca de animales. Por esto la comida no era abundante.

Muchas veces se robaban las pieles, los unos a los otros. Cada tribu tenía que vigilar sus toldos y sus pertenencias.

En invierno, cuando caía la nieve, la vida era dura, el frío intenso y no se podía salir sin abrigo.

El guardia de los pehuenches estaba alerta. Veía unas sombras. ¿Serían los poyas en busca de algo para llevar? No, ya no se movía nada, se había equivocado; caminó al otro lado. Apenas había desaparecido, cuando salió un joven debajo de los arbustos; era un poya. Venía a ver a Maitén.

De Maitén se hablaba en todas partes. Su rostro tenía forma de corazón. Su cabello liso y negro lo llevaba en trenzas. Sus ojos también eran negros y brillantes. Maitén sabía bailar y cantar como ninguna otra muchacha. Vinuro –el poya– se enamoró de ella y quiso conquistarla.

Había cazado en las lejanías, en la cordillera, allí donde se ponía el sol. Y tuvo suerte por allá. Había matado dos pumas y no les temía a los dueños del monte; su flecha siempre daba en el blanco. Era el más ágil y más valiente de su tribu.

Ahora llevaba las dos pieles en sus manos y quería dárselas a Maitén. Estaba seguro de que ella no lo rechazaría.

Se acercó a su toldo para esperar que saliera. Y Maitén no tardó en aparecer. Estaba vestida como para salir, bien abrigada.

Vinuro supo esconderse y deslizarse detrás de ella, hasta acercársele en la orilla del lago. "¡Maitén, vine a ha-

blarte! ¡Tú sabes que soy el más valiente de los poyas! ¡quiero que seas mi mujer! Nunca te faltará la comida en mi toldo, yo siempre regreso con carne. Mira lo que te traigo".

Maitén se enfureció: "¡Cómo te atreves a venir a nuestro pueblo, cómo crees que puedes hablarme, estando yo sola por aquí! ¿Acaso no sabes que me casaré con Limay? ¿No has oído que lo quiero y que él me quiere a mí? ¿Piensas que una pehueche se va a vivir a donde los poyas? ¡Vete y no vuelvas más!"

Y con estas palabras le dio la espalda y corrió hacia su toldo.

Vinuro quedó aturdido. No podía dejar a la muchacha. Nunca la había visto tan bella. "Voy a consultar a Iriayá, esa bruja sabe de todo. Le llevaré las pieles que eran para Maitén. Seguramente le gustarán y me dará un buen consejo. Ella sabrá qué se hace para conquistar a una muchacha", dijo Vinuro en voz baja.

Y sin pensarlo más se fue a buscarla a su cueva, en la que vivía hacía siglos; por lo menos así lo había oído contar.

"Madre Iriayá, vengo con un regalo", gritó el joven. Todo el mundo le tenía pavor a la vieja y no se atrevía a golpear la puerta. Pero Vinuro arrimó su oreja a la puerta y oyó los pasos de la vieja, que se arrastraba lentamente por el suelo.

Sentía que su piel se le ponía como piel de gallina, y entonces la vio.

Su cara y su cuerpo bien jorobado se ocultaban bajo pieles. Pero algo se veía en su tez amarillenta: se notaban sus ojos negros, como los de una rata; su mirada era penetrante.

30

"¿Qué quieres?" Su voz casi no se podía oír. Era tan ronca. Vinuro le contó de su fracasado amor por Maitén y cómo la muchacha no quiso aceptarlo como novio.

La vieja se reía, se refregaba las manos. "Así que me traerás más pieles, si te ayudo en este asunto". Su mano marchita acariciaba las que ya le había traído de regalo. "¿Serán tan suaves y buenas como éstas? ¡Iriayá necesita varias nuevas para este invierno!"

"Debes estar alerta mañana en la madrugada. Yo te mandaré a Maitén en una canoa. La corriente del Nahuel Huapí la llevará. Es aquella corriente que se sumerge bajo las rocas. Es fácil sacar la canoa por esos lados. La muchacha estará dormida. La tienes que dejar descansar en tu toldo. Habrá olvidado a Limay. Ya verás ¡Iriayá es muy capaz, muy capaz!", decía refregándose la frente. Luego le mandó que se fuera, recordándole: "¡Y no olvides dejar las otras pieles que me prometiste!"

Vinuro se había dado cuenta de la maldad de la vieja y de su codicia, pero ya no podía rechazar su ayuda. La tenía que aceptar. Se sentía avergonzado. ¿Quién le garantizaba que la muchacha no sufriría algún daño? Era peligroso jugar con el Nahuel Huapí. Todos los indios respetaban al gran espíritu, que vivía en sus aguas.

El lago se extendía apacible en toda su belleza, cuando brillaba el sol. ¡Pero cómo tronaba el agua embravecida cuando reventaba contra los cerros. Nadie se atrevía a lanzar su canoa al agua cuando se veía así. El Nahuel Huapí no soportaba injusticias ni malos juegos.

¿No se ahogaban todos los que trataban de engañar a otros con mentiras y perjurios? Vinuro sabía que había que respetar el amor de una doncella. No era posible llevarla a su toldo sin su consentimiento y sin haber pagado algo en retribución a sus padres. "¡Nahuel Huapí perdóname!", murmuraba cuando pasaba por sus orillas.

Mientras tanto, la bruja no estaba ociosa. Había echado hierbas a unas ollas de barro. En una de éstas preparaba una medicina especial, muy especial para Maitén, la bella. Era un somnífero, que dejaba como muerta a la persona. En otra, hervía un remedio contra resfriados. Los echó en dos botas, que ocultaba debajo de sus pieles. Después se fue al pueblo.

Iriayá iba de toldo en toldo. "¡Denme de comer, y yo les dejo tomar mi agüita milagrosa. No sufrirán de enfermedades!" La gente le temía a la bruja. Todos aceptaban el agua e invitaron a la vieja, para que comiera con ellos. Al fin llegó al toldo donde vivía Maitén con su familia. A todos les ofreció su bebida, pero a Maitén le dio el somnífero. La bruja pidió que la dejaran dormir allá, porque ya era muy tarde para regresar. Se acostó aliado de la muchacha, cerca de la salida.

Antes de que pasara la noche la bruja sacó a Maitén en sus brazos. Nadie hubiera creído que la jorobada era capaz de cargar a otra persona. Pero la vieja tenía más fuerzas que un hombre. Iriayá llevó a la durmiente a una canoa que había a la orilla del lago. Y luego la empujó aguas adentro para que se la llevara la corriente.

Ya aclaraba el día. Las olas mecían la canoa y la alejaban más y más. La vieja observaba. En este momento un joven la cogió de los hombros. "¿Qué pasa aquí, qué estás haciendo?" Era Limay, a quien tocaba el turno de guardia esa noche. "¿Quién está en la canoa, quién la desató?" La bruja se quería escapar, pero Limay no la dejó. "Gran espíritu", chilló la vieja, "devore a este hombre que me está amenazando. Maitén te ha dejado. Ella busca a su otro novio. Se va en la canoa a encontrar a Vinuro, que está esperándola".

Apenas se escucharon estas palabras, el lago empezó a bramar. Unas olas violentas llegaron hasta la orilla y arrastraron a la bruja y callaron su voz para siempre. Pero la canoa también estaba en peligro. Se estaba llenando de agua.

El pueblo despertó por el trueno. Corrieron a ver qué pasaba y vieron cómo la creciente del lago se desbordaba tratando de buscar una nueva salida a sus aguas que ya no se querían esconder debajo de las rocas. El lago había formado un desagüe tormentoso que arrastraba los toldos de los poyas al otro lado del valle.

Limay se arrojó a las aguas para nadar detrás de la canoa que empujaba la corriente.

No pudo alcanzarla antes de que se hundiera. Maitén se perdió entre las olas. Limay tampoco volvió a salir del lago.

Los pehuenches le dieron el nombre de Limay al río que vieron nacer. Al amanecer del día siguiente, vieron un pájaro desconocido y bello, que volaba a lo largo del río, como buscando algo entre sus aguas. Seguramente el grande espíritu le había dado nueva vida a Maitén, porque la gracia del animal les hizo recordar los movimientos de la muchacha. Llamaron Maitén al pájaro, y esos dos nombres permanecieron para siempre. Así se recuerda todavía a Limay a lo largo de sus aguas cristalinas, que reflejan la pureza de su alma, y a Maitén, en el pájaro que vive en sus orillas.

El caburé, el mago
entre los pájaros

EL CABURÉ ES UN AVE DE rapiña que se conoce en el campo argentino. Es pequeño, pero muy hábil cuando busca su comida durante la noche. Puede levantar las plumas sobre su cabeza, así que parece tener dos caras. De esta manera asusta a sus presas: sus ojos parecen de culebra. Se dice que tiene poderes mágicos que no sólo actúan entre los animales sino también entre los humanos. Para que obren se elaboran pequeños muñecos a los cuales se les ata algún pañuelo u otra prenda perteneciente al ser querido, cuyo amor se quiere asegurar. El hechizo es tan fuerte que nadie puede escapar.

Entre los numerosos cuentos que afirman la fuerza y veracidad de la magia del caburé, vale la pena mencionar el siguiente:

Un gaucho que había conquistado el amor de una niña hermosa estaba celebrando su boda con música y danza. La guitarra lanzaba tonadas alegres al aire que sólo se cortaban a veces por los gritos de los alborotados bailarines.

De repente apareció entre ellos un gaucho desconocido, pero a quien la novia sí distinguía. Ella recordaba que durante varios meses este hombre la había cortejado para conseguir su amor. El hombre, después de atar su caballo, se

metió en la fiesta y se acercó a la novia. "Vas a bailar conmigo", le dijo a la muchacha. Ella obedeció. No era costumbre que una novia accediera a bailar con un extraño. Pero así sucedió. La falda de ella y el pañuelo atado al cuello del desconocido volaban alegremente al ritmo de la danza.

El novio estaba molesto y sorprendido. De repente se abalanzó sobre el hombre que estaba bailando con su mujer. Los dos hombres se trenzaron en una lucha feroz. Finalmente, el esposo de la muchacha –herido de muerte– cayó al suelo. Y lo raro era que la muchacha no parecía acongojada; al contrario, apoyaba al hombre que le había quitado la vida a su esposo.

Los amigos del novio la miraron perplejos. Enfurecidos, trataron de castigar al desconocido. Durante la encarnizada lucha, se le cayó un muñequito al entremetido. Era una muñeca cosida con plumas del caburé; llevaba atado un pañuelo de la novia. Cuando la prenda cayó al suelo, el hechizo se rompió. La muchacha se lanzó sobre el cuerpo de su esposo, llorando amargamente y pidiendo que castigaran al culpable. Éste reconoció que la fuerza de la magia se había acabado. Logró montar rápidamente en su caballo y desapareció en la oscuridad de la noche. Se dice que los amigos del novio lo persiguieron y que finalmente vengaron la muerte de su compañero. De todos modos, la viuda quedó triste y desolada, lamentando la muerte de su esposo y maldiciendo la magia del caburé.

BOLIVIA

El nacimiento del pañeve

DONDE BOLIVIA Y LA ARGENTINA se encuentran, en la zona selvática del río Bermejo, vivía en tiempos pasados una tribu que era famosa por la belleza de sus mujeres. Pero también se hablaba de la valentía de sus guerreros. Éstos se mantenían aislados de otros indígenas, porque tenían todo lo que necesitaban en su propia región. Los hombres cazaban y pescaban y las mujeres cultivaban yuca brava, que les daba harina para hacer las tortas de casabe de todos los días. Ganoá, el cacique de la tribu, acababa de conquistar a la hermosa Pañeve y gozaba de la unión que tanto añoró. No estaba ansioso de demostrar de nuevo su valentía luchando contra las tribus vecinas.

Pero sus guerreros exigían venganza porque se les había tendido una emboscada para robarles las canoas y cerbatanas que poseían. Las flechas y los dardos ya estaban envenenados con curare. Pañeve le suplicó al esposo que se quedara. "Tuve un sueño que me persigue. Te vi muerto, tendido al lado del río Bermejo. Que los hombres que desean la venganza vayan solos esta vez". No pudo retener las lágrimas cuando Ganoá decidió marcharse. "Yo perdería el respeto de mis guerreros. No puedo consolarte como quisiera hacerlo", dijo Ganoá. Pañeve le había confesado que estaba embarazada y seguramente le iba a regalar el hijo, que podía llegar a ser otro gran cacique.

Los hombres se fueron y las mujeres quedaron esperándolos con ansiedad. Pañeve le pidió a su hermanito, que la estaba protegiendo, que se subiera al árbol más alto de la región para ver si veía algún rastro de los guerreros. Y un día regresó a decirle a la hermana que había visto a algunos hombres acercándose. ¡Pero qué desgracia fue la llegada de los guerreros! Arrastraban camillas con muertos y heridos. No había uno que hubiera regresado sin lesiones. Pañeve miraba a los hombres con sus ojos asustados y llenos de lágrimas. "¿Dónde está Ganoá? ¿Por qué no lo trajeron?", preguntaba. "Lo perdimos en la batalla. No sabemos si está vivo o muerto", contestaron. Pañeve regresó a su maloca y no se dejó ver durante los cantos que se entonaba antes de enterrar a los muertos.

Pañeve logró convencer al hermano. Él debería tratar de encontrar a Ganoá. Sería capaz de mezclarse entre los muchachos de las otras tribus para preguntarles: "¿Han visto al cacique Ganoá? Traigo unas pepitas de oro. Se las daré si me dicen dónde se esconde", decía. Pero el hermano llegó sin noticias del cacique. No se sorprendió que durante su ausencia ya hubieran elegido a otro cacique y todos le dijeron a Pañeve que dejara de esperar, que se casara de nuevo. Pero ella no quería obedecer los consejos de los ancianos. "Voy a dar a luz. El hijo de Ganoá nacerá pronto".

El nuevo cacique se sentía amenazado. Pañeve tiene que casarse y su esposo reconocerá al niño que espera. Pañeve decidió huir. Preferiría morir antes que perder el derecho a su hijo, y se escondió en la selva en dirección hacia donde se oculta el Sol.

Unos hombres salieron a buscarla y finalmente la encontraron. Pero ya había muerto. Cuando quisieron alzarla se dieron cuenta de que de los pies de la mujer salían raíces clavadas en el suelo. Sin embargo, la levantaron y ante sus ojos se realizó el milagro. La Madre Tierra se había apiadado de Pañeve y de su gran amor. Quiso que ella se volviera árbol, árbol que por su gran belleza fuera querido por todos los hombres.

Los guerreros no podían ocultar su asombro, porque no sólo tenía hojas verdosas y bellas, sino que también se cubrió de flores blancas. Las flores blancas representaban al hijito, que había nacido de su cuerpo. Corrieron a contar el milagro que habían presenciado.

Muchos curiosos fueron a ver el árbol de pañeve. Y otra vez había pasado algo raro. Las flores blancas de las que habían hablado los hombres, ahora se veían rosadas. Eso significaba que la Madre Tierra había unido a los amantes para que estuvieran siempre juntos en este árbol hermoso. Pasó un año y se llenó la tierra con semillas. Todas crecieron hasta alcanzar la forma de una mujer embarazada; se había multiplicado el árbol y no dejó que se perdiera el cuento de Pañeve y Ganoá.

Mientras haya mandioca para el casabe no habrá hambre entre los indígenas

HACE MUCHOS SIGLOS CUANDO TODAS estas tierras eran de los indígenas, había una tribu cerca del Guaporé, gobernada por un hombre astuto y también severo. Respetaba todas las leyes de la selva, y su tribu se atenía a todas sus creencias y sabiduría del cielo y de la tierra.

La hija de este gobernante era una muchacha muy bella. Su padre la amaba y estaba en busca de un guerrero apropiado para casarla. Pero entre todos los tupí no había uno que le gustara a la bella Aufrosí. El padre la regañaba porque toda mujer debía encontrar un esposo, tener y criar niños, para que la tribu creciera y tuviera siempre guerreros.

Las noches eran muy cálidas y la joven llevaba su hamaca a un lugar escondido al lado de la maloca. No era costumbre que las mujeres se salieran del círculo de protección de sus madres, pero Aufrosí no se dejaba mandar de nadie. Pasaba las noches soñando con un joven esbelto, diferente de los que veía todos los días. Adoraba la luz de la luna y las estrellas. Una noche soñó que sus deseos iban a cumplirse. Un muchacho con el cabello claro se le acercaba, se acostaba en su·hamaca y se quedaba con ella acariciándola. Varias noches tuvo este sueño tan hermoso, pero después de varios encuentros no volvió a tener esa agradable compañía. Estaba triste y volvió a la maloca, sobre todo

porque sentía algo raro en su cuerpo. Se dio cuenta de que estaba embarazada. Cuando ya no podía ocultar lo sucedido habló con sus padres. Ellos no creyeron la historia del joven con cabello claro que había bajado de la luna para unirse con la bella Aufrosí; decidieron entonces expulsarla de la tribu. Le construyeron una maloca pequeña para que viviera allí. Ahí nació su hijo, de piel blanca, cabello del mismo color y sus ojos que casi no se abrían a la luz. Cuando su madre lo quería sacar al sol, el niño lloraba y cerraba los ojos. Hasta en la misma maloca se pasaba los días sin mirar a su alrededor. La madre le bañaba la carita, le hablaba y le cantaba para que fuera feliz, para que la conociera, pero todo fue en vano. El niño no era muy sano. Esto le destrozaba el corazón a la madre que había sufrido tanto para tenerlo. "No va a llegar a la fiesta del Humarutuco", dijo la gente de la tribu. "Morirá antes". Esta fiesta se celebraba cuando el niño cumplía los dos años y se le cortaba el pelito por primera vez.

Aufrosí alimentaba a su hijo con todo el amor de una buena madre, pero el chiquito no crecía; un día lo encontró muerto en su camita. Como era costumbre entre los indígenas, ella cavó la tumba en la misma maloca. "Estarás siempre conmigo", dijo ella y se arrodilló, llorando y derramando la leche que todavía llegaba a sus pechos. Después de unas semanas se sorprendió porque de la tumba de su hijo nacía una pequeña planta. "¿Vas a vivir?", preguntó ella. Escarbó debajo de la planta y encontró unas raíces fuertes, unos bulbos, que nunca había visto antes.

Corrió a la maloca de sus padres y les contó lo que sucedía. El padre la abrazó y le dijo: "Hija, también soñé con tu esposo venido de la Luna. Él me explicó que del cuerpo del pequeño Mandi nacería una planta que daría a todos los indígenas comida. Las raíces de esa planta deben ser ralladas. Luego se echa la masa al agua, se lava bien y se exprime. La harina que queda se usa para preparar tortas de casabe sobre las piedras ardientes de la fogata. Esta harina que nutrirá a todos los habitantes de la selva, tendrá el nombre de mandioca. Se recordará así el nombre del pequeño Mandi que entregó su vida para darles un tubérculo que podrán cosechar durante todo el año y que crecerá en abundancia en los suelos de la selva".

El padre llamó a todos los hombres y a todas las mujeres de la tribu para revelarles el gran milagro que había sucedido. Abrazó a su hija y volvió a recibirla en la maloca grande. "Estuvimos cerca del cielo con nuestros sueños", dijo, y "jamás vamos a despreciar el fruto que nos llegó de allá".

La piedra milagrosa del cacique Namún Curá

LOS GRANDES TIEMPOS DE LAS tribus araucanas pasaron hace mucho tiempo. Ellos dominaban el sur del continente y eran famosos por su valor y orgullo.

Aún se recuerda al gran Namún Curá, cacique sin temor al enemigo. Su padre, y el padre de su padre habían recibido de generación en generación una piedra milagrosa. Todos los caciques de la familia la utilizaron en la lucha contra el peligro. La piedra se lanzaba, destruía la amenaza y regresaba a la mano del cacique. Actuaba como un rayo, pero parecía tener ojos, porque jamás rompía el techo del pobre. Sólo atacaba al avaro y al codicioso. Ahora la tenía Namún Curá.

Los araucanos no se metían con los blancos, pero últimamente los invasores se establecían cada vez más cerca. Estos trajeron animales que pastaban en antiguas propiedades de los araucanos. "Si ellos siguen penetrando hacia nuestra tierra, pronto no tendremos qué comer", dijo Namún Curá a su gente. "Aunque poseen estas armas de fuego, nosotros tenemos que enfrentarnos con ellos. Tenemos que reunir el número más grande de guerreros y vamos a cercar a sus pueblos. No nos queda otro remedio".

Los araucanos obedecieron a su cacique y alistaron las armas; cada hombre llevaba suficientes flechas y arcos

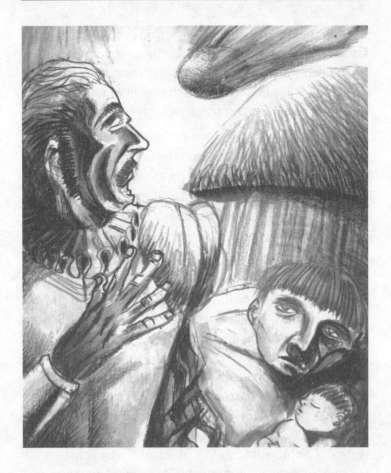

bien templados. Durante la noche se pusieron en camino.
No se dejaron ver durante el día. "Nuestro ataque debe sor-
prenderlos", esa había sido la idea de Namún Curá. Y realmente lograron llegar a una población sin que los blancos
los vieran. Lo primero que lanzó contra el enemigo fue la
piedra milagrosa del cacique, a la que siguieron flechas con
antorchas. Y los techos empezaron a quemarse. Los blancos
salían asustados, porque era la primera vez que los indígenas atacaban durante la noche.

La piedra de Namún Curá seguía volando y cayendo. Las viviendas de los blancos quedaron en ruinas. Entonces, los indígenas atacaron con sus lanzas y dejaron oír sus gritos de batalla. Casi todos los hombres blancos murieron. Las mujeres y los niños fueron atados, y las casas saqueadas.

Encontraron vino y no tardaron en emborracharse. Algunos de los guerreros viejos le recordaron al cacique que seguramente iba a haber un contraataque. Unas mujeres pudieron huir en los caballos. Pero el vino –una bebida desconocida para ellos– había borrado la sensatez de la cabeza de los araucanos.

Con la madrugada llegaron los hombres de las poblaciones vecinas y empezaron a disparar sus armas de fuego. Los araucanos fueron incapaces de defenderse. Entre los guerreros caídos estaba el gran cacique. Muy mal herido, aún tenía la piedra maravillosa en su poder. La lanzó una vez contra el enemigo. Regresó a su mano, pero después ya no tuvo más fuerza. Le dijo a un guerrero joven que yacía a su lado: "Tómala y lánzala hacia el Sol. Vamos a pedir una tormenta para poder escapar". Cuando la piedra voló hacia el gran Sol, se desató la tormenta, pero esta vez la piedra no regresó. La tormenta ayudó a los araucanos. Escaparon los pocos que sobrevivieron, pero todo el botín tuvieron que dejarlo atrás. No pudieron llevar nada de carne, ni tampoco a las mujeres blancas que capturaron. El cacique murió sin dejar heredero.

Los ataques contra los invasores continuaron pero cada vez con menos éxito. Los araucanos tuvieron que ceder sus mejores tierras a los invasores. Pero en los días de fiesta ellos siguen recordando su grandeza y la piedra maravillosa de Namún Curá.

El milagro de Petronilo
el ciego

CHILE SE CONVIRTIÓ EN TERRITORIO del reino de España en el siglo XVI. Pedro de Valdivia fue el primer gobernador. Con él vinieron los misioneros con la cruz de Jesucristo. Trataron de imponer esta nueva fe en la región, pero los araucanos no querían subyugarse a los conquistadores ni tampoco al dios clavado en la cruz. Ellos eran muy orgullosos y mantenían vivo su deseo de libertad.

Uno de los primeros monasterios se construyó en las cercanías de Huachipato. La iglesia y las viviendas de los monjes estaban protegidas por fuertes murallas, pues los ataques de los araucanos no cesaban. Poco a poco fue formándose un pueblito alrededor de los hermanos con sus hábitos carmelitos. Enseñaban la bondad y el amor al prójimo. Habían traído semillas de sus huertas en España y con hierbas medicinales curaban a los enfermos. También les enseñaban a los niños a rezar y a alabar al buen Jesús. Y así pasó el tiempo. Entre los pobres del pueblo había un anciano ciego llamado Petronilo. Vivía solo en una chocita al pie de las montañas. Los habitantes del pueblo mandaban a sus hijos para que le llevaran comida al viejito. Y los niños llegaban con un poco de sopa caliente, con un pescadito y unas papas.

Petronilo sabía contar cuentos y por eso los pequeños permanecían contentos a su lado mientras éste comía lo que le traían. Las campanas habían sido traídas de la lejana España.

Cuando Petronilo escuchaba las campanas, traídas de la lejana España, y que llamaban a misa, se arrodillaba e interrumpía el cuento, o su comida. También les decía a los niños que debían rezar con él, agradeciéndole al buen Dios que no lo dejaba morir de hambre. Entre los niños que lo visitaban había también uno ciego. A este niño, Petronilo lo cogía en sus brazos y rogaba a Dios que le devolviera la vista. Los niños no se burlaban del viejito; lo querían y respetaban y no se negaban a rezar con él.

Un día, los niños buscaron en vano a Petronilo. No estaba en su choza."¿Dónde habrá quedado? No podía salir sólo". Les contaron a sus padres que el viejito había desaparecido. Entonces varios hombres del pueblo empezaron la búsqueda. Y al fin lo encontraron. Los araucanos se habían llevado al viejo. Lo clavaron en una cruz. Querían demostrar que odiaban la nueva fe y que no se iban a someter a ella. La cara de Petronilo no se veía dolorosa y triste. Parecía haber aceptado con tranquilidad la muerte en la cruz. Los hombres lo bajaron y vieron que su sangre se había derramado en la tierra. Y mientras lo enterraron brotó un manantial en aquel lugar, un manantial de agua cristalina. Alrededor de él salieron unas flores de color rojo. El niño ciego había acompañado a los hombres y niños del pueblo. Se agachó y lavó sus ojos y rostro con el agua del manantial. Y de repente vio. Sus ojos recuperaron la vista. Todos se arrodillaron y agradecieron a Dios el milagro realizado en su presencia.

COLOMBIA

Los hombres del rayo
y del trueno

ONAHÍ SE HABÍA QUEDADO EN SU choza, en la que vivía con su madre y sus dos hijitos. No tenía esposo; se lo llevaron aquellos hombres que lanzaban rayos, truenos y balas. Nunca volvió y nunca se supo algo de él ni de los otros hombres que tuvieron que partir con los extranjeros, porque extranjeros eran, ya que no sabían hablar como uno. Ahora se regó el cuento de que otra vez estaban cazando hombres. Por tanto, todos se escondieron en la selva, para no dejarse capturar. Ellos vivían cerca del río Chicamocha; tenían canoas que los llevaban lejos de todo peligro. Pero Onahí quería cosechar yuca, plátanos, sabía dónde encontrar frutas y además podía pescar en el río. La mamá le cuidaba a los pequeños mientras ella iba a sacar yuca y a traer pescados.

Y entonces llegaron. Se veían extraños con sus armaduras, sus vestidos raros y su piel rojiza quemada por el sol. Algunos tenían el pelo rojo y barbas largas que ocultaban la mitad de la cara. Entraban en las chozas buscando a los hombres, gritaban y amenazaban con sus voces duras y de tono agudo. Nadie en su pueblo levantaba la voz así. Seguramente estaban buscando oro. Mostraban lo que habían encontrado en otras partes y gritaban: "¡Oro, oro!" Pero Onahí no poseía oro. Llevaban un hombre en una camilla hecha de ramas. Temblaba de fiebre y escalofrío. Ella sabía que lo habían picado los mosquitos que olían la piel humana y contaminaban la sangre del enfermo. Los indígenas sabían que tenían que untarse el jugo de una hierba para que los mosquitos no los picaran y en la choza había que mantener el fuego para que el humo espantara los insectos.

Onahí miraba con compasión al hombre enfermo. Había que quitarle esa ropa, bañarlo y darle una mezcla de agua y hierbas para que la fiebre bajara. Ella le hizo señas a los dos que arrastraban al enfermo. "Déjenlo aquí, vamos detrás de los fugitivos, después volvemos por Hans Meier", dijo el comandante de la tropa. Estaban de afán y Onahí se ocupó del enfermo As Maya, que así lo llamaba, como lo había entendido. Le preparó el agua que ellos les daban a los enfermos cuando padecían fiebre, lo bañó y envolvió sus piernas con paños mojados. El hombre seguía temblando por la fiebre y los escalofríos, pero ella lo tranquilizaba, cantándole en voz baja las canciones que también le cantaba a sus hijos. Le decía a As Maya: "Ya verás que mejorarás". Claro que no hablaba mucho español, unas palabras apenas, y el hombre no entendía el lenguaje indígena ni el español, pero sí entendió la preocupación de Onahí. Le acariciaba la mano y le gustaban esos ojos negros grandes y ese cabello oscuro y liso que le caía sobre los hombros. Onahí era una mujer apuesta, bonita y esbelta. El extranjero sanó lentamente. Miraba con asombro cómo Onahí trabajaba la tierra y cargaba pesados bultos con la comida. Como era un hombre fuerte quiso ayudar a Onahí en su duro trabajo. Ella trató de conseguir tela para coserle algún vestido a su huésped, pero había que ir lejos. La mamá se quedó en la choza y con la ayuda de As Maya todo iba bien.

Los forasteros no regresaron. Tal vez perdieron el camino y As Maya tampoco sabía dónde encontrarlos. Él se quedó con Onahí. No tenía esposa en el país lejano del cual venía y consideró que esta mujer necesitaba su apoyo.

As Maya traía entre sus cosas un hacha pequeña, un buen cuchillo, una escopeta pero sin munición. Supo usar la herramienta. Pronto levantó una casita bonita, con un techo cubierto de hojas de palma. Aprendió rápido a usar los materiales de la región. No permitía que Onahí saliera a hacer el trabajo del campo. Ella tenía que quedarse en la casa, sobre todo cuando nació el primer hijo que tenía la

piel un poco más clara que los otros niños y ojos de un color más claro, aunque no tan azules como los de su padre.

Cuando se oyó de unos misioneros que habían llegado, As Maya se fue con su mujer y sus hijos hacia aquella misión. Contó su historia; había aprendido el idioma indígena y un poco de español. Les dijo a los padres que quería casarse con Onahí, pues ella le había salvado la vida. Dejó bautizar a todos sus hijos, incluyendo a los que tenían el pelo oscuro y los ojos negros. Les contó a los misioneros que había salido en 1541, con un noble de Alemania, porque el emperador español Carlos V le debía plata a su patrono, que era un gran banquero. El emperador les había prometido tierra, oro y otras riquezas porque no podía pagar la deuda con dinero. Según As Maya, él estaba combatiendo unos infieles que amenazaban con apoderarse de una de sus grandes ciudades europeas.

Los misioneros le preguntaron al guerrero barba roja si quería regresar a su país, pero As Maya, porque ese nombre lo consideraba muy bello, quiso quedarse con su mujer y sus hijos en ese país que lo había acogido con tanto cariño.

El tesoro de Tibabuyes

FRANCISCO DE TORDEHUMOS FUE UNO DE los primeros caba-
lleros españoles que llegó a la tierra de los chibchas, hacia
mediados del siglo XVI, y que logró reunir un gran botín de
oro y esmeraldas. Se trataba de un hombre orgulloso y cons-
ciente de su noble sangre y su alto rango. Por tanto, decidió
construir una casa preciosa en la capital del virreinato de
Nueva Granada. En sus propios barcos trajo muebles, tape-
tes y cuadros para decorar su vivienda con todo el lujo al
cual estaba acostumbrado.

Empezó a comprar tierras en los alrededores de Santa
Fe, porque le gustaba el clima frío. Era un milagro encontrar una región tan saludable en este país tropical. Sobre
todo le gustaban las tierras entre los pueblos indígenas de
Cota y Chía. No vaciló en traer animales caseros de la madre patria, que se aclimataron muy bien en sus haciendas. Y
con eso su riqueza aumentó. Pronto era uno de los hombres
más poderosos del virreinato.

Su heredero, don Felipe, no estaba satisfecho de ser
solamente un terrateniente. Tenía otras ideas y fundó una
casa comercial en Santa Fe. Supo administrar sus negocios.
A su vez, su hijo don Fernán también tuvo suerte en sus
negocios, pero no se sintió bien en el virreinato; quiso regresar a España y dejó todos sus bienes a su heredero Juan

Manuel. Éste pronto supo que su padre había muerto. Viajó a España y se dio cuenta de que éste había perdido la mayoría de la fortuna que allí poseía y decidió entonces vender lo que le quedaba y llevar todo esto de regreso a América. Con el dinero conseguido, compró toda clase de mercancías y llegó sin contratiempos a la Nueva Granada. Una vez aquí, cargó sus mulas con el propósito de llegar a la capital porque sabía que la gente de Santa Fe compraría esta mercancía con gusto. Tuvo tanto éxito en sus negocios que decidió repetir la hazaña, a pesar de que existía un gran riesgo: los piratas ingleses merodeaban las costas del virreinato. Se apoderaban de las mercancías y hundían los barcos sin clemencia.

Para ampliar la posible ganancia vendió casi todo lo que poseía en tierras y casas y guardó los doblones en sacos de cuero. Los llevó con mulas a la orilla del Magdalena y de allí emprendió su viaje. Sus tres barcos de vela llegaron bien a España. "Alabada sea la Santa Virgen", exclamó cuando pisó tierra firme. Compró mercancía en Vigo y Holanda y cargó sus naves con todo lo adquirido. En ese momento, llegaron malas noticias de Santa Fe. Tenía que regresar inmediatamente para resolver algunos problemas con la justicia, surgidos durante su larga ausencia. Allí pudo resolver la mayoría de los procesos en su contra y esperaba con ansia la llegada de sus barcos que habían zarpado de Vigo hacía tres meses. Pero la desgracia lo acompañó de nuevo. Sus naves fueron atacadas y hundidas por los piratas. Cerca de Cartagena lograron rescatar algunos marineros sin vida y partes del naufragio.

Don Manuel, cogiéndose la cabeza a dos manos, gritó: "¿Por qué fui tan tonto? ¿Por qué? Aposté toda mi suerte a una carta, ¿por qué, por qué?" "Pensé recuperar mis pérdidas en España con esta hazaña arriesgada. Ojalá hubiera perdido la vida con mi tripulación. No sirvo para pasar la vida con necesidades y en la miseria. Y los tiempos, cuando era fácil conseguir riquezas, han pasado. Nosotros, los españoles, despojamos este territorio de sus tesoros y éste es mi castigo".

Aunque ya era tarde, no quiso quedarse en casa y salió a la calle. Estaba bien armado, así que no sentía temor cuando pasó por las callejuelas angostas de la capital. Al fin llegó a la plaza mayor delante de la iglesia. Se sentó en las escaleras y ocultó su cara entre las manos. Fue sorprendido por la voz del vigilante que le dijo: "Señor, se va a resfriar si se queda sentado ahí. El viento que baja de las montañas es peligroso". Juan Manuel contestó: "Qué me importa mi salud y mi vida". El guardián respondió: "Es fácil llegar al salto del Tequendama, pero muy difícil lanzarse a sus aguas. Conozco a muchos arrepentidos que decidieron darle otra oportunidad a la vida y gozar de los rayos del sol por otro tiempo".

"Cómo sabe usted expresarse de bien. Seguramente no fue siempre el vigilante de la iglesia". "Tiene usted toda la razón. Me llamo Ramiro de... bueno eso no importa. También estuve sentado muchas veces en estas escaleras de piedras frías, sin saber qué hacer ni cómo seguir con esta vida tan desdichada. Pero usted ve que mi cabello ya está casi blanco y pude cargar con mi mala suerte". "Si no le importa", dijo Juan Manuel, "siéntese a mi lado y cuénteme su historia. Si la oigo y la comparo con la mía tal vez lograré soportar mi desdicha".

"Caballero", empezó Ramiro, "usted tal vez no se ha dado cuenta todavía de que un vestido bueno se desgasta pronto. Y cuando uno ya no puede vestirse bien, la amistad de los que fueron antes sus compañeros, se esfuma de repente. Ya no lo saludan y se cambian de lado de la calle si lo ven venir. Soy el hijo de un caballero español que tuvo disgustos con el virrey. A mi padre no le importaba que se hubiera ganado el odio de los gobernantes, porque a pesar de eso, vivíamos bien. Todo lo había en abundancia. Yo era el único hijo de mis padres y por tanto se me daba lo que quería. No se me enseñó a trabajar, ni siquiera a estudiar con juicio. Mi madre no me obligaba a nada y mi padre se pasaba el día en sus negocios. Administraba sus bienes con prudencia, pero no se le ocurrió intervenir en la vida de holgazán que yo llevaba. Cuando cumplí los 18 años, mi padre decidió mandarme a estudiar a la Universidad de Salamanca en España. Quería que estudiara leyes para poder administrar nuestros bienes y tal vez trabajar para el gobierno del virreinato.

Llegué bien a la Madre Patria y disfruté las alegrías propias de la vida estudiantil, siempre y cuando se tenga bastante dinero para gastar y bastante salud para gozar las fiestas, el vino en abundancia y los suculentos banquetes que se me ofrecían. Además, empecé a componer versos y coplas y me pasaba cantándolas bajo las ventanas de las niñas hermosas de la ciudad. Aprendí a tocar la guitarra y frecuentaba más estas clases que las de la universidad, ya que no soportaba someterme a ninguna disciplina. Casi había olvidado a mis padres y mis cartas eran cada vez más escasas. No me di cuenta siquiera de que las de mis padres tampoco llegaban tan frecuentemente como antes.

La noticia de la muerte de mi padre me golpeó como un rayo que caía del cielo despejado. Mi madre había huido a la capital y dejó las haciendas a la merced de personas irresponsables e incapaces para cuidarlas. Ella me pidió regresar en seguida para salvar algo de nuestras pertenencias y bienes. El viaje fue largo. Finalmente, pude abrazar a mi pobre madre que no logró contener las lágrimas al contarme todo lo sucedido. Entonces reuní a algunos de los sirvientes de confianza para ver qué quedaba en nuestras tierras. Cuando llegamos encontramos la casa en ruinas, los sembrados destruidos. Del ganado y de los caballos no había ni las huellas. Todo se lo llevaron. No tenía dinero ni tampoco el deseo de empezar a trabajar de nuevo en esas tierras tan fértiles y buenas. No reconocí el valor de lo que había dejado mi padre. Encontré un comprador y le vendí todo por un precio ridículo. Confiaba aún en el dinero que mi madre debió haber salvado de nuestra fortuna. De regreso a la capital me dirigí a la casa de mi madre, pero sólo encontré personas extrañas que se habían apoderado del lugar y que me informaron que mi madre murió de una enfermedad contagiosa y que todas sus pertenencias las llevaron a una bodega. No pude comprender mi desgracia. En esa bodega había un arrume de cosas que nada valían. Nadie me pudo decir dónde estaban los artículos de verdadero valor: joyas, dinero, muebles, alfombras, vajillas y demás.

¿Cuál fue mi reacción? Me da pena confesarlo. Me metí en la taberna más cercana y me embriagué. El escaso dinero, porque así me había parecido lo que había traído de la venta de las haciendas, lo gasté en poco tiempo. Quería olvidar y no tener que pensar en nada. Es tan fácil gastar dinero y tan difícil volverlo a ganar. Pero de eso me di cuenta demasiado tarde. Volví a la casa en la que mi madre murió y acusé a sus moradores de robo. Ellos se defendieron y fueron donde el virrey que oyó mi nombre y súplica con desagrado, pues siempre tuvo disgustos con mi padre. Me llevaron a la cárcel por calumnia. Nunca había vivido entre la mugre y entre hombres condenados por asesinato y robo. Me trataron como a otro delincuente. Le prometí mi vestimenta y un anillo de oro al carcelero como soborno para que me dejara escapar.

Salí como pordiosero, sin vestido y sin dinero, y tampoco sabía realizar oficio alguno. Encontré un zapatero pobre que me dio trabajo y vivienda. Dormía entre los hijos de éste sobre una estera, porque no había camas en esa vivienda paupérrima. No me atrevía a hablar con los españoles ricos que pasaban a caballo o en sus carrozas. Pero un día reconocí a mi prima Elvira en uno de los coches y la seguí para poder hablar con ella. En tiempos pasados, mis padres me insinuaron que yo debería casarme con ella, pues ésta era una niña buena y con mucha cultura. Elvira me vio corriendo, hizo detener los caballos y me reconoció, aunque estaba vestido de harapos. No me rechazó y quiso seguir adelante con el compromiso pactado en vida de mis padres. Ella no poseía mucho dinero, pero nos alcanzó para comprar una casita de adobe, de esas que se edificaban en aquel tiempo y que existen todavía. La casita no tenía ventanas, pero el techo estaba en buen estado y el patiecito lleno de flores. Yo seguí con mi zapatería que afortunadamente nos daba para comer. Elvira dijo que estaba contenta de compartir conmigo esta vida humilde. Entre los españoles, tal vez, fui el único que se ganaba la vida con el trabajo de sus manos. Pero el destino me quiso castigar todavía más por la vida alegre que llevé de joven. Elvira me regaló una hija, pero Dios no quiso que disfrutáramos una vida conyugal por más tiempo, pues mi esposa murió y quedé solo con la niña. Una vez más me senté en las escaleras de esta iglesia

diciendo: '¡Dios mío, no me castigues más!'. Deseaba morir otra vez. Pero mi hija, llorando en su cuna, me obligaba a seguir viviendo. Con el tiempo, Rosita –ese nombre le dio Elvira– llegó a ser una niña comprensiva y muy hermosa. Me presenté como vigilante ante las hermanas del Sagrado Corazón de Jesús para poder educar allí, en calidad de interna, a mi hija. Tenía 15 años cuando volvió a mi humilde vivienda. Y la mantuve encerrada pensando día y noche: ¿cómo podré devolverla a la sociedad y a la posición que le corresponde por su nombre y educación? Otra vez me senté ante este portal de la iglesia, cuando de pronto me vi acompañado por el halo de un monje que parecía haber sido transportado por la brisa fría de la noche. Comenzó a hablar después de santiguarse. 'Te conozco y sé lo que te ha sucedido. Fui en otros tiempos el confesor de tus padres y también de tus abuelos. En la hacienda de Tibabuyes enterramos una vez un tesoro, cuando la casa fue atacada por bandidos y ladrones. Los amos me pidieron que pusiera este tesoro en las manos de los herederos. No podré descansar en mi tumba hasta que haya cumplido con mi promesa'. Con estas palabras volvió a desaparecer sin dejar huella, así como había llegado. Decidí hablar con el nuevo virrey recién llegado de España. Dado que la vivienda no me pertenecía quería pedirle el favor de que me ayudara a recuperar el tesoro de mis antepasados. Pero todas mis esperanzas se esfumaron. Cuando regresé a mi casa en la madrugada, la encontré saqueada. Todas mis pertenencias desaparecieron y con ellas el tesoro más grande de mi vida: mi hija Rosita. Me dediqué a buscarla, a preguntarla entre los vecinos, pero nadie me daba razón de ella. Ya no tenía deseos de ocuparme del tesoro escondido; ¿para qué? La única súplica a Nuestro Señor fue dejarme morir pronto".

Don Juan Manuel escuchaba el cuento del viejo con mucha atención. Tampoco dejaba de deplorar la mala suerte de su compañero de las escaleras. Pero cuando terminó, abrazó al viejo: "¿Sabe usted, don Ramiro, quién soy yo? Soy Juan Manuel de Tordehumos. Y la única pertenencia que me queda es aquella casona de Tibabuyes. A usted lo ha traído el buen destino. Recuerdo ahora que mi nodriza me contó una vez que a ella también se le apareció aquel monje. Y si realmente conseguimos el tesoro, también encontraremos a su hija".

El vigilante se dejó convencer por el entusiasmo del joven y de una vez emprendieron viaje a Tibabuyes. Se fueron en dos mulas y por la tarde llegaron a la casona. Don Juan Manuel encontró un anciano que cuidaba la casa. Éste trajo las herramientas con las que empezaron a romper el piso del fondo del corredor, del cual había hablado la nodriza. Ya casi amanecía cuando vieron la imagen del monje rodeado de una luz azul. Con un dedo señaló hacia un rincón que ellos en su afán no habían tocado. En ese rincón las palas resonaron cuando tocaron algo duro. Se trataba de una olla de hierro que contenía doblones de oro. El júbilo de Juan Manuel fue enorme. "¡Estamos salvados, estamos salvados! Este tesoro nos pertenece porque somos los herederos de Francisco de Tordehumos".

Don Juan Manuel logró restablecer su casa de comercio y don Ramiro empezó la búsqueda de su hija. En todas las iglesias y capillas de la región se pidió información acerca de una niña perdida varios años atrás. Don Ramiro vivía ahora con su pariente Juan Manuel. Éste trabajaba con juicio e inteligencia. Ramiro había perdido la esperanza de volver a ver a Rosita, cuando un día se detuvo una carroza ante la puerta de don Juan Manuel. Eran dos damas que preguntaban por don Ramiro de Tordehumos. La mujer de más edad contó que ella había recogido a una niña cuando huía de los asaltantes de su casa. La niña enfermó y perdió la memoria. Más tarde oyó en una iglesia que don Ramiro de Tordehumos buscaba a su hija Rosita y la descripción coincidía con la de la niña que ella había ayudado a escapar de aquellos bandidos. Con este llamado, la niña empezó a recordar su nombre y pronto recuperó la memoria. Doña Edelmira, que así se llamaba la señora, la cuidó como a una hija y no quería perderla. Sin embargo, vio que tenía que devolverla a la familia a la cual pertenecía. Juan Manuel encontró una muchacha tan hermosa y bien educada que no pudo dejar de enamorarse de ella, y Rosita también vio que el amigo de su padre era digno de ser amado. La boda se celebró con todo el esplendor del virreinato, pero los esposos continuaron viviendo con humildad porque nunca olvidaron las experiencias amargas que habían sufrido ellos y don Ramiro. Sabían que la felicidad y la suerte pueden ser algo muy fugaz y que éstas pueden desvanecerse de un momento a otro.

El moján del Tequendama

¿QUIÉN NO HA OÍDO HABLAR DE ÉL? Pero son pocos los que lo han visto. Y menos los que han conocido su rencor o su bondad.

Antes, el salto del Tequendama era una cascada majestuosa. El agua del río Bogotá venía limpia y se precipitaba con fuerza hacia lo hondo, envolviendo toda la región en una densa neblina.

Se cuenta que detrás del salto vivía el moján. Nadie lo molestaba en su cueva, pues ninguna persona se atrevía a asomarse detrás de la masa de agua que caía tronando hacia el valle del Magdalena.

Debido a que la suya no era una morada abrigada, el moján se vestía con una ruana larga de color café, pantalones oscuros y alpargatas que dejaba secar sobre las rocas al lado del salto. Sobre la cabeza llevaba un sombrero como lo usan los campesinos, y siempre tenía un tabaco en la boca. Fumaba todo el día y nadie sabía de dónde provenía el tabaco que nunca se le apagaba: ¿Y qué era entonces lo raro de este moján? Lo raro era que tenía una cola larga de reptil, que lograba esconder bajo su ruana, pero no por mucho tiempo, porque en la punta de la cola hacía chispas, con las cuales podía encender su chicote, cuando éste quería apagarse.

¿Y de qué vivía este ser entre humano y reptil? ¿Pedía comida y la recibía? Sí señor, pan, sopa y carne. También le gustaba la chicha. Se dice que en los días de la construcción del puente de Alicachín, no fue atendido debidamente por los trabajadores de esa obra. Se burlaron de él, porque se le asomó su cola. Los obreros trataron de pisarla, pues creían que era una culebra por sus colores verdosos y amarillentos. El moján se fue furioso, y después se escucharon ruidos raros, como el zumbido de un enjambre de abejas. Y al día siguiente, el puente cayó al río. Los hombres que más se habían burlado del moján murieron en la corriente del río que estaba crecido y revuelto. Mucho mejor les fue a los hermanos Ricardo y José que, desde algún tiempo, poseían la hacienda que rodeaba el salto del Tequendama. Todos los campos, bosques y tierras verdes y fértiles de sus alrededores eran de ellos.

Un domingo invitaron a muchas personas de Bogotá para que bajaran a gozar de un buen asado, papas chorreadas y otras delicias. El día amaneció frío y lluvioso. Y al mediodía aún no aparecía la carroza con los huéspedes esperados. Pero cerca de los grandes fogones y en parrillas se asaba carne que en la tarde se tornó dura y negra. También la salsa de las papas se estaba secando. ¿Qué hacer? Todo el mundo sabe cómo desespera el que los invitados no lleguen.

Al fin, cuando ya caía la noche, los señores escucharon a alguien que estaba golpeando en la puerta de la casa. "¿Ves? ¡Al fin llega uno de nuestros huéspedes!", exclamó el hermano mayor. Abrieron la puerta y se encontraron con el moján. El olió que algo bueno se había preparado y vino a comer de aquello que hubiera sobrado.

"Entre, entre no más", gritaron los señores. Lo abrazaron y lo trataron como a una persona apreciada y esperada. "La mayor parte de la comida se le ha dado a nuestra gente, pero todavía queda lo más sabroso. Siéntese y aproveche también un buen trago".

Empezaron a charlar con el moján. Él era una persona chistosa que se expresaba con facilidad y narraba muchos cuentos. Conocía todas las plantas de la región y sabía los secretos que encierra la tierra. Les dijo qué tenían que sembrar. Que iban a obtener buenas cosechas. Los hermanos pasaron un rato agradable con su visitante. El moján se sintió tan bien que dejó caer su cola y la empujó con sus pies para que quedara debajo de la mesa. Los dos hermanos lo escucharon con atención. Sabían que era una gran oportunidad poder escuchar al moján con sus mil años de experiencia.

Hicieron lo que les aconsejó. Trajeron ovejas a sus potreros y durante todos los años no se les enfermó ni se les murió ningún animal. Ellos sentían que estaban bajo la protección de aquel extraño visitante que apareció en la noche lluviosa y fría que los había dejado sin huéspedes de la capital.

Desde ese entonces nadie volvió a ver al moján. ¿Se fue a vivir a otra parte porque el salto del Tequendama ya no era una vivienda agradable?

Cómo la Virgen María ayudó
a los huérfanos de Boyacá

Con un burrito, la mamá de Jesús y María se encaminaron hacia la gran ciudad de Bogotá, porque la gente le había dicho que allá encontraría trabajo. Ella sabía tejer en telar e hilar la lana de oveja. Pero las ovejas robaron después de que su esposo Jesús Elisorio murió y la dejó sola con las dos criaturitas. ¿Qué iba a hacer ella? El ranchito estaba cayéndose. El camino fue largo y penoso. Para su desgracia, le tocó vender el burrito con el fin de conseguir comida para los peladitos. Finalmente, llegaron a la gran ciudad. Acompañaron a unos leñadores que llevaban leña en sus burros. Los niños los sentaron encima de los atados, pues no querían caminar más. Los hombres tenían sus clientes y le prometieron a la mamá que la recomendarían. La mamá sentó a los niños en la escalera, frente a una gran iglesia y les dijo: "Esperen aquí, vuelvo en seguida; les traeré comida". Jesús, que ya tenía siete años, cogió a María, que no quiso quedarse. Con las ruanitas que les había hecho su mamá, los dos se cobijaron y esperaron y esperaron. "Mamá no nos olvida", aseguró el hermano cuando María empezó a llorar. Las carrozas con sus caballos pasaban en frente. Hombres y mujeres caminaban por la calle. Todos sabían adónde tenían que ir, menos Jesús y María.

El hambre era cada vez más intensa. La noche caía. Ahora los dos niños lloraban, llamando a su mamá que no

venía. Bajaron los escalones delante de la iglesia y corrieron a lo largo de la calle. Las campanas llamaban a misa. Los niños se mezclaron con los feligreses que entraban en una iglesia iluminada con muchas velas. Nunca habían visto tanto esplendor.

El oro de los altares reflejaba la luz de las espermas. Nadie se fijaba en los dos niños que buscaban un rinconcito para sentarse.

Al pie de una virgen que los miraba con dulzura, se acurrucaron.

"La virgen nos ayudará, tú verás", le dijo Jesús a su hermana. La misa pasó y la iglesia se llenó de un fino olor. En la capilla del pueblito no se usaba incienso tan aromático. "Esto es como el paraíso", murmuró Jesús al oído de su hermanita. "No se mueva, nos quedaremos aquí al lado de la virgen. Ya están apagando las luces y no nos verán". "Es que tengo tanta hambre", dijo la chiquita. "Espere, ya encontraremos algo qué comer", aseguró el hermano. Él había visto una mochila que estaba ahí en el mismo rincón. Ya habían cerrado las puertas de la iglesia y sólo quedaba una luz roja al lado del altar. Jesús abrió la mochila con mucho cuidado. ¡Qué sorpresa! Adentro había cuatro almojábanas frescas y deliciosas. "¿Lo ve? María, cómo la virgen nos está, ayudando". Se comieron los panes. Se abrigaron con sus ruanas y durmieron al pie de la bondadosa imagen.

Los encontró el sacristán que estaba encendiendo las luces para la primera misa de la mañana. Llamó al sacerdote y le mostró a los dos niños dormidos. "¿A quién pertenecerán?", preguntó y despertó a Jesús. Jesús contó la historia de la madre que los trajo a esta ciudad y que se perdió. "¿Qué haremos con ustedes? Aquí no se pueden quedar". "La virgen milagrosa me prometió ayuda", dijo Jesús. "Anoche nos dio alimento y yo soñé con ella. Me dijo que me encontraría un maestro para aprender un oficio. Quiero tallar. Quiero hacer una virgen tan bella como esta. Quiero tallar madera, para el honor de nuestra señora en los cielos".

El padre estaba emocionado. "Espere": le dijo a Jesús, "ahora vendrá el maestro que está restaurando algo en la iglesia. A ver si la virgen te ayuda para que te acepte como aprendiz". Una monja que estaba arreglando las flores vio a los niños. María recogió lo que se le había caído al suelo. "¿A dónde llevo las hojas?", preguntó y lo miró a la monja con sus grandes ojos asustados. La monja cogió la mano de la niña y le mostró dónde podía dejar los desperdicios. "Es una niña querida", dijo. "¿Cómo te llamas?" "Me llamo ¡María y vengo de Boyacá!", respondió. "Mi mamá nos dejó solos, pero la virgen nos está protegiendo". La monja resolvió llevar a la niña donde la madre superiora.

Jesús se quedó con el sacerdote que estaba esperando al maestro. Éste vino con su ayudante y empezó a trabajar, a retocar el dorado que se había caído de un adorno. "¿Usted puede encargarse de enseñarle su oficio a este niño?", preguntó el padre. El maestro estaba algo sorprendido, pero el sacerdote le aseguró que le iba a ayudar en su tarea. "Jesús quiere aprender a tallar. La virgen le prometió que lo aprendería".

El maestro había perdido un hijo. Él tomó las palabras del párroco como una voz que venía del cielo, y miró con cariño a Jesús recordando que su hijo se llamaba así también. "Serás como mi hijo y te enseñaré mi oficio".

Jesús se arrodilló ante la imagen de la dulce Madre de los Cielos y le dio las gracias.

Jesús se volvió un buen artesano y con su destreza para adornar los templos, rápidamente, ganó fama en el virreinato de la Nueva Granada.

Su hermanita permaneció en el monasterio y unió sus oraciones a las de las hermanas que la salvaron del abandono.

La estrella que ayudó
a Ermelinda

Achachá aguacerito,
no me vayas a mojar
no sabes que yo soy pobre
no tengo con qué mudar.

Este versito lo cantaba la pequeña Ermelinda cuando bajaba con sus dos bultos de leña recogidos en lo alto del monte. Vivía sola en una chocita aliado del pueblo y llevaba leña a las casas de los señores ricos que tenían cocineras para prepararles la comida. Ermelinda conocía bien a estas muchachas, porque a ellas les gustaba recibir ramitas secas de la montaña con las cuales podían prender fácilmente la estufa. Ermelinda se acurrucaba al lado del tronco que servía de asiento en las cocinas. Allí le daban lo que quedaba de la mazamorra del mediodía. Y Ermelinda siempre tenía hambre. Sus padres habían muerto. Quedó sola, pero ella sabía defenderse. No era perezosa.

Un día se dio cuenta de que estaban acumulándose abundantes nubes grises en el cielo y ella sabía que iba a caer un aguacero. De pronto comenzó una fuerte lluvia y no había dónde guarecerse. Al fin encontró una cuevita y se metió en ésta con su leña para mantenerla seca. Se quitó la ropa mojada y la tendió a su lado. "Que se seque, que se seque pronto", decía. Pero no dejó de llover. Las gotas cristalinas se deslizaban por las hojas y ella sentía frío, aunque en realidad, tal vez, no había viento helado. Pero sin ropa y sin sol se abrazó a sí misma y levantó sus rodillas hacia el pecho. Tal vez se durmió, porque cuando abrió los ojos, veía el cielo despejado y lleno de estrellas. Tocó su ropa y ésta seguía mojada; no se había secado. "¿Qué voy a hacer?" Desnuda no podía bajar al pueblo y tampoco quiso ponerse la camisa sucia y húmeda. "¡Ayayay... ayayay!", se quejó con voz baja. "¿De dónde vendrá ropa?" Levantó los brazos implorando al cielo que se apiadara de su miseria. En ese

momento, vio caer una estrella del cielo luminoso. Y de pronto la estrella estaba a su lado. En la frente de una niña hermosa. "¡Yo oí tu petición!, pequeña Ermelinda. Te voy a regalar mi camisa, tengo otra para ponerme". Y la niña se quitó el vestido y se lo regaló a Ermelinda. "Tú eres una niña buena y quiero ayudarte". Desprendió la estrella de su frente y le quitó una punta. "Toma este oro", dijo la niña Estrella; y le puso el pedacito de oro en su mano. "Con esto podrás comprar lo que te hace falta".

Ermelinda no podía creer lo que estaba pasando. De pronto la niña Estrella desapareció, diciéndole a Ermelinda: "Me puedes buscar en lo alto del cielo y me reconocerás por la puntica que hace falta en mi estrella". Y Ermelinda se despertó como de un sueño hermoso. Pero no había sido un sueño, porque en su mano brillaba el oro de la niña celestial. Desde ese momento, la vida de Ermelinda cambió. Se pudo vestir, comprar alpargatas y buscar un empleo decente en una casa buena. Y allá todo el mundo la quería y respetaba. Un muchacho que trabajaba para sus patronos se enamoró de ella y la llevó a la choza de su madre, donde fue acogida como nuera y vivió feliz y alegre, sin grandes preocupaciones, pues siempre pudo mirar al cielo y buscar apoyo en su estrella.

Cuando nació el primer hijo de Ermelinda, salió con éste en la noche y exclamó: "Estrellita querida en el cielo. Yo te veo y tú me verás a mí. La felicidad en la que vivo te la agradezco a ti y a tu ayuda. Te ofrezco mi hijo y le enseñaré a quererte y respetarte durante toda su vida".

Y así fue. La armonía y la bondad unieron a los esposos y los hijos crecieron en este hogar con todo lo necesario para vivir con bienestar en esta tierra.

Doña Juana

CERCA DE BUESACO, AL SUR EN la cordillera andina de Colombia, hay un volcán, al cual se le dio el nombre de Doña Juana. Todavía se conserva la leyenda que explica el origen de su nombre. Sobre la cima de la montaña se ve la silueta de una mujer. Bueno, esa es Juana, que un día quedó allá transformada en piedra.

Todo esto sucedió hace muchos siglos, cuando apenas se comenzaba por allí a hablar el español. Entonces el idioma dominante era el quechua. En el pueblo se había construido una iglesia, y el repique de las campanas les recordaba a los pobladores que ya no debían alabar a los dioses indígenas sino que ahora era necesario acudir a la bondadosa Virgen María y a su hijo Jesús, para recibir favores.

Dioselina había perdido su esposo; o mejor, él, se había escapado y jamás volvería, a pesar de dejar atrás siete hijos en el rancho. ¿Quién les iba a dar de comer ahora? Dioselina sabía trabajar la tierra, manejaba con destreza el azadón y sembraba y cosechaba la yuca. Los campesinos con muchas tierras siempre la llamaban para que les ayudara a preparar sus surcos. Ella era incansable; cuidaba las plantas hasta que las abundantes cosechas se llevaban al pueblo. Todos los campesinos, en agradecimiento, le apartaban un montoncito de sus tubérculos y ella quedaba contenta. ¿Y quién le cuidaba a los hijos mientras tanto? Le tocó a Juana, su hija mayor, que apenas había cumplido nueve años. Ella arrancaba las papas de la parcela al lado de su choza. También preparaba la sopa que comían todos los días. Cuidaba los marranitos y las gallinas que poseían. Los hermanitos eran juiciosos; jugaban alrededor de la vivienda, eso sí ensuciándose y ayudando en todo lo que ya podían hacer.

Conseguir ropita era lo más difícil, porque ésta no crecía en los campos. La falta de pantalones y camisas se sentía cuando llovía y arreciaba el frío. Pero apenas volvía a brillar el sol, salían alegres a correr por todos lados, dando botes en el pasto.

Un día se le hizo tarde a Dioselina en su trabajo. Ya había oscurecido cuando emprendió el camino pedregoso que subía hasta su choza. Tenía miedo. No le gustaba andar por el monte después del atardecer. Además, estaba soplando un fuerte viento que hacía más tortuoso el ascenso. ¡Cómo se asustó cuando vio que unos hombres de ruanas blancas se le acercaban! Sus pies no tocaban el suelo; estaban como volando hacia ella. "Qué hago, qué hago", se decía temblorosa, pero tampoco veía refugio en dónde esconderse. Mientras tanto, los tres hombres ya se le habían acercado y uno comenzó a hablarle en quechua: "Nosotros somos los antiguos dueños de estas tierras; manejamos con benevolencia esta región. Te estábamos observando. Vemos que tienes que trabajar muy duro para sostener a tus hijos. Decidimos ayudarte. Habla en quechua con tus hijos y respeta las normas que vienen de tus abuelos. Tenemos tesoros ocultos y disponemos de ellos si lo vemos necesario. Tienes una hija hacendosa y con buen juicio. Ella te ayudará a aliviar tu ardua labor diaria. Hazla subir a aquella montaña en la próxima noche de luna llena. A esta niña virgen le abriremos una puerta que conduce al sitio donde guardamos el oro. Pero hay una condición: por ninguna razón Juana debe mirar hacia atrás. Apenas haya cogido el oro debe regresar corriendo con los ojos cerrados hasta que ya no oiga ruidos raros. Entonces puede ir por el camino que conduce a su choza. El oro que les vamos a regalar lo ocultarán en la huerta de su casa. Tienen que prometer que jamás revelarán el secreto de lo que les sucedió. Juana podrá ir tres veces, pero nunca más". Los tres hombres se dieron la vuelta y rápidamente desaparecieron, como llevados por el viento que hacía mecer sus ruanas blancas. Dioselina pensó que estaba soñando. Cogió su trenza larga que le colgaba por la espalda y la tiró fuertemente. Sí, era ella, Dioselina, a quien le había pasado esto. ¿Y qué debería hacer? Santa Virgen, el cura había dicho que era un gran pecado hablar con duendes. ¿Y éstos no habrían sido espíritus del mundo de los muertos? Claro que sí. ¡Pero qué promesa maravillosa le habían hecho, qué bondad habían demostrado!

Ella continuó su camino cuesta arriba, pensativa y llena de dudas. ¿Debería poner en peligro la eterna salvación del alma de su hija? Llegó a su casa y vio a los niños dormidos sobre la cama de hojas secas de plátano que había conseguido en tierras más cálidas. Juana le tenía listo un plato de la sopa preparada al mediodía. "¿Se lo digo?", se preguntaba la mamá, "¿o más bien callo? Ay, Santa Virgen, déjame tomar la decisión correcta". Se acostó sin musitar palabra y al siguiente día volvió a su trabajo como siempre. Sin razón aparente, le pareció más duro que nunca. "Voy a hablar con Juana. Todavía no estamos en luna llena".

Y cada noche miraba angustiada cómo se llenaba la cara de la luna. Al fin juntó todas sus fuerzas, cogió a la niña y le dijo: "Tú puedes sacarnos de la pobreza, Juanita". Y le contó todo lo que le habían comunicado aquellos duendes de ruana blanca. Juanita, sin embargo, no sentía miedo. A los nueve años no se piensa en peligros. Sólo se ve lo maravilloso de una hazaña valerosa. El día de luna llena se encaminó hacia la cumbre de aquella montaña, que además era un volcán apagado, como decía la gente. Llevaba a cuestas un costal de fique que la mamá le había conseguido para cargar el oro. La luna iluminaba claramente el camino. Ella cantaba en voz baja y siguió adelante aunque a veces oía ruidos raros a su espalda. "No debes voltear la cabeza, me dijo mamá". Al llegar a la cima, vio los hombres de ruana blanca. Le hicieron señas para que se acercara y entonces le abrieron una puerta. Ella vio el oro oculto en la cueva. Se agachó y llenó el costal. Dio unos pasos para atrás y llegó al camino sin tropezar. Siguió con los ojos cerrados hasta que ya no oía nada más. En ese momento se sintió segura y corrió apresurada hasta llegar a la choza. Su madre la estaba esperando en la puerta. "Mamá, mamá, lo conseguí, lo conseguí". Pero la madre agitaba sus manos haciendo señas. "Debes callarte, nadie debe saber de dónde nos llegó el tesoro". Con el azadón, Dioselina había cavado un profundo hoyo cerca de unos arbustos. Allá ocultaron el tesoro. Unos días más tarde, se les murió una gallina. Llamaron a una vecina. Tal vez ella sabía qué le había pasado al animal. "Hay que enterrarla pronto, antes de que le prenda la enfermedad a las otras". Empezaron a abrir un hoyo justamente ahí donde habían escondido el oro. Cuando salieron las primeras pepitas del metal precioso, se pusieron a gritar: "Miren lo que hay aquí: ¡oro! Jamás habíamos revolcado la tierra en este rincón. Dios mío, qué felicidad. ¡Traigan algo para echar este tesoro!" Eran pedacitos en forma de lágrimas; había otros de tamaño algo más grande. Tan pronto recogieron todo, Dioselina dijo: "No puedo guardar el oro en mi chocita. Se lo llevaré al cura. Él es una persona honesta. Le daré una parte y le pediré su consejo para comprar una finquita, donde yo pueda trabajar la tierra con mis hijos".

Y le fue bien. El párroco era una persona correcta. Le compró una finca a Dioselina y a sus siete hijos y la iglesia del pueblo fue agrandada y embellecida.

Juana cumplió la promesa durante varios años. Nunca habló de su experiencia en la cima de la montaña. Pero un día se enamoró de un hombre viudo, que la llevaba a bailar y a embriagarse. Y este hombre era insistente y le repetía miles de veces: "Vaya", le dijo, "no te puedo creer que encontraron todo ese oro en la parcela. ¡Eso no puede ser cierto!". La niña, con la cabeza pesada y ya bastante ebria, le contó lo que le había sucedido a su madre. Agregó que ella la dejó ir una sola vez. "Nosotros no somos codiciosos, nos conformamos con lo que tenemos". El cuento despertó inmediatamente la codicia de aquel viudo. La madre le rogó a la hija que se separara de ese hombre, sobre todo cuando la hija le confesó que había revelado el secreto del tesoro. Juana no obedeció a su madre. Se dejó convencer de volver al lugar del oro escondido. Otra noche de luna llena, Juana se encaminó hacia la montaña. Recordaba con exactitud todas las instrucciones que había de seguir. Y realmente consiguió de nuevo el oro, que su amante le pedía como condición para el matrimonio. El novio manoseó el tesoro. Le brillaban los ojos y gruñía. "Necesito más, trae más. ¡Sal de una vez y llena el costal de nuevo!" Juana no quería obedecer, pero ante la insistencia del viudo se marchó otra vez, sin darse cuenta de que este hombre, en el cual se había despertado la codicia, la seguía. Por tercera vez se abrió la puerta mágica de la cueva. Empezó a recoger el oro cercano a la puerta. De pronto empezó a oír ruidos a su alrededor y sorpresivamente oyó gritar su nombre. Giró la cabeza y vio la figura de su novio. ¡Qué horror! Ante sus pies se abrieron grietas profundas que expulsaban lava. Se había despertado el volcán, que durante siglos permaneció dormido.

Las llamas devoraron al viudo y Juana quedó transformada en roca. ¿Acaso éste fue el castigo a su desobediencia? Desde ese entonces, se distingue la silueta de una muchacha sobre la cima de aquella montaña. La gente empezó a llamar ese volcán "Doña Juana". Pero ninguna otra persona logró encontrar oro por allá. Se lo había tragado el cráter ardiente del volcán. Y nunca más volvieron a presentarse aquellos espíritus bondadosos que ayudaban a la gente en los tiempos pasados.

ECUADOR

El secreto de Otavalo

¿QUIÉN CONOCE LA PROVINCIA DE Imbabura en el Ecuador?
Muy pocos han oído este nombre, pero muchos conocen el
mercado de Otavalo que queda entre las montañas de esa
región. Otavalo se ha vuelto famoso por su rico mercado
artesanal. Muchos turistas se levantan a las cinco de la mañana para presenciar la bajada de los indígenas de sus viviendas en las alturas de la cordillera de los Andes. La luz
de la madrugada revela lentamente las siluetas de las montañas y los caminos sobre los cuales transita la gente. Se
distinguen pantalones blancos, después ruanas azul paloma
y luego caras cubiertas por pelo liso negro, recogido en trenzas, que usan tanto las mujeres como los hombres. ¿Y qué
más hay? Cadenas de color de oro, enrolladas como un collar alrededor de la garganta. Hoy día, estas extensas cadenas ya no son de oro; pero se dice que en tiempos pasados sí
se hacían de este material precioso, que se encuentra en los
ríos y en las minas de la cordillera.

Hombres y mujeres llevan el mismo sombrero y todos
cargan bultos pesados, repletos de mercancía que se vende-
rá en la plaza. Vienen compradores de muchas partes del
mundo, pero también comerciantes que revenden lo que se
produce en Otavalo.

El lenguaje de los indígenas es el quechua, el idioma
que se hablaba en el tiempo del imperio de los incas y con

el cual se comunican con los dioses de los tiempos pasados. Todavía se venera a la Pacha Mama –la madre Tierra–, todavía se encuentran altares a los cuales se llevan muestras de las cosechas recolectadas. No sólo se ofrecen alimentos a la Pacha Mama, también se le llevan flores y se dice que antes le llevaban prendas de lana hechas en telar, para que ella viera lo que fabricaban las manos laboriosas.

Se cuenta que la diosa siempre estaba muy atenta a las ofrendas de tejidos en los que se revelaba la belleza de sus plantas, de sus animales y de su tierra. Cuando una de estas prendas estaba bien elaborada, cuando se reconocía al pájaro en la manta, Pacha Mama premiaba a la tejedora con una pepita de oro. y si la artesana era hábil y trabajadora, su collar se llenaba rápidamente con más y más pepitas de oro.

No había hombre que no apreciara la riqueza acumulada en los collares de las tejedoras; eran las novias más buscadas, a las que más se quería. La competencia sana siempre ha sido y será algo que empuja a los hombres a buscar más perfección. Y eso sucedió en Otavalo. No sólo se usó la lana de las llamas y las vicuñas, sino también el algodón. Se hilaba con gran esmero, se diseñaban nuevos dibujos y adornos para todas las prendas. Con la llegada de los españoles se aprendió tejer con dos agujas y se obtuvieron nuevos colores para teñir la lana y los tejidos. Los hombres seguían buscando las hierbas silvestres que daban bellos colores y a muchos de ellos les empezó a gustar la talla de madera que se practicaba en lugares cercanos para embellecer las iglesias erigidas por los misioneros.

Pero la gente de Otavalo no se dejó influenciar por las nuevas creencias y costumbres. Se mantuvieron firmes en su manera tradicional de vestir y de alabar a la gran Pacha Mama, que aún los protege y sigue recibiendo abundantes ofrendas.

MÉXICO

La hermosa flor mudubina, de la laguna de Chivelé

EN EL SIGLO XII, LOS TOLTECAS ERAN dueños de una gran parte de México. No peleaban con los aztecas que vivían al sur de su gran territorio. Intercambiaban mercancías. Un reino respetaba al otro. Solamente las tribus que habitaban las montañas del norte solían atacar de vez en cuando a los toltecas, pero ellos siempre lograban contener a los guerreros enemigos.

Un príncipe tolteca, destacado en estos combates, era joven, sano y fuerte y sabía conducir sus tropas a la victoria. No sólo causaba admiración en la tierra sino también en el cielo. Las brillantes estrellas, las hijas del gran Sol, pronto supieron el nombre de Tutlamán. Lo habían observado durante una batalla que duró toda la noche y en la que el príncipe venció al enemigo. Ellas discutieron las cualidades de Tutlamán y estuvieron de acuerdo con que nunca habían visto a un joven tan valiente y apuesto. Una de las estrellas celestes siguió soñando con el príncipe, y finalmente decidió abandonar el cielo e ir a la tierra para compartir la vida con los mortales.

Y un día, cuando la aurora teñía el cielo con su color rosado y sus hermanas las estrellas se retiraban, ella agarró un rayo del sol naciente y se dejó deslizar a la tierra. La aurora estaba tan ocupada con su trabajo que nada vio. El gran Sol tampoco se dio cuenta de la fuga, pero las demás estrellas echaban de menos a su hermana. Fueron a contarle a su padre lo sucedido. El gran Sol se enfureció, pero de momento nada podía hacer. Tapó su rostro con nubes oscuras y dejó caer rayos y truenos sobre la tierra.

Entretanto, la niña Estrella se sentó al lado del camino que solía usar el príncipe para subir a los templos sagrados y ofrecer sacrificios a los dioses. Tutlamán no dejaba pasar ninguna mañana sin rezar por la paz y el bienestar de su pueblo. Aunque él era un guerrero y conocía todos los artes de la lucha, amaba la paz y sabía que su gente también añoraba tiempos sin guerra. En el hombre siempre se despierta el deseo de luchar, de combatir al enemigo, de vencer y conseguir botín, pero esta ansiedad debe saberse sofocar y él debía dar ejemplo.

Éstos fueron sus sentimientos, cuando vio hija del gran Sol: nunca había visto una niña igual de bella, era distinta a todas las mujeres de su pueblo; su cabello llevaba el brillo de las estrellas y los ojos eran tan claros como el cielo despejado. Él la levantó con ambas manos y le preguntó: "¿De dónde provienes tú?". Ella señaló al cielo y su rostro se enrojeció; ahora parecía una rosa con su piel clara y reluciente. El príncipe no pudo dejar de mirarla. "¿Quieres venir conmigo a mi palacio?", preguntó. Y ella afirmó con la cabeza y acompañó al príncipe a su vivienda. "Tú serás mi esposa", dijo el joven, resuelto a no dejarla volver al cielo, porque estaba convencido de que de allá venía.

Mientras tanto, en el cielo se discutía la necesidad de intervenir en esta situación desagradable. El Sol pronunció las siguientes palabras: "No se pueden atar lazos entre los habitantes del cielo y los de la Tierra. Solamente habrá tristeza y desolación si se llega a los límites del amor, porque límites hay en todo amor y más amargos serán los desenlaces entre un ser celeste y un ser terrestre y un ser terrenal". Encomendó, entonces, a una de sus hijas la tarea de regresar con la fugitiva.

Esta hermana bajó a la Tierra deslizándose también por un rayo de sol. El padre le había dado un manto de invisibilidad para que pudiera llegar al palacio de Tutlamán sin ser vista.

Llegó el mismo día de la boda. La hija del gran Sol se veía hermosa. Su vestido y cabello estaban adornados con flores. En todo el palacio se veían arreglos y canastas llenas de frutas. Los campesinos de la región habían traído todo eso lleno de colores y perfumes dulces que mostraban todo lo bello que producía la tierra. La gente seguía bailando y cantando alrededor del palacio. Querían compartir la gran alegría de su príncipe. El cielo estaba despejado y los rayos del sol hacían que las flores y las frutas lucieran en todo su esplendor.

"Mi padre me ha perdonado", pensó la niña. Se había retirado a su cuarto para descansar. De pronto sintió un aire frío que penetró en su alcoba. Su hermana la sacó de sus sueños agradables, descubriendo su cara y diciendo con voz dura:

"Vengo con un mensaje de nuestro padre. Nos has causado gran preocupación. Los límites entre el cielo y la tierra deben mantenerse firmes y visibles. En caso contrario, llegarán miseria y peligro a la tierra. No se puede tolerar lo que hiciste. Nuestro padre decidió hacer de ti una bella flor, la mudubina, porque una hija que salió del cielo y se fue a otra parte, jamás regresará como la persona que era

antes. Debe quedarse en la tierra. Pero siendo una flor se te otorgará la vida eterna. No la perderás, porque la mudubina se renovará con sus semillas y retoños. En los lagos crecerás y para que nosotras las estrellas te podamos seguir consolando, abrirás tus pétalos durante la noche".

Apenas había escuchado estas palabras, la joven reina desapareció con su hermana mensajera que la llevó al lago más cercano para que se cumpliera el deseo de su padre. "A la Tierra fuiste y en la Tierra has de quedar".

Entretanto, el príncipe buscó desesperadamente a su esposa por todos lados, sollozando de tristeza. Al fin consultó al poderoso chamán de su reino, quien sabía todo lo que pasaba en la Tierra y en el cielo. Él le comunicó lo siguiente después de quemar hierbas sagradas y mirar detenidamente hacia las estrellas: "Tu mujer no era de este mundo, pertenecía al cielo. Se transformó en la flor mudubina y vive ahora en la laguna de Chivelé. Allí la encontrarás". El príncipe se tiró al suelo y exclamó: "¡Oh, gran padre Sol en el cielo, concédeme la gracia de ser también una flor en aquel lago!" Y éste aceptó su petición. También se transformó en flor, un lirio de agua, tan hermoso como la mudubina. Crecía lejos de la orilla, inalcanzable a las manos humanas. Y las dos flores crecían juntas. Las olas del lago las mecían y miraban con sus caras al cielo durante el día alabando al gran Sol, y por la noche se acercaban a la luz de las estrellas. Las flores parecían murmurar: "Estamos felices con nuestra unión, la única que puede existir entre los seres del cielo y los de la tierra".

Después de abandonar el príncipe su trono, el reino de los toltecas empezó a decaer. Los aztecas aprovecharon la pérdida de poderío en el reino vecino para conquistar las tierras de Tutlamán.

Cómo nacieron el cacto y la orquídea
en el reino de los mayas

En 1547, LOS CONQUISTADORES SE apoderaron de las tierras de los mayas. Las armas de los invasores eran tan poderosas que nadie podía resistírseles. Todos los guerreros tuvieron que huir. Las mujeres y los niños se escondieron en la selva y en las cuevas de las montañas. El último gobernador del imperio yacía muerto en el campo de batalla, pero el valiente Huasca Michaquí había sobrevivido. Era fuerte y no pensaba dejar los templos y palacios de su pueblo en manos del enemigo. "Una vez más tendremos que combatir. Una vez más trataremos de recuperar lo perdido". Hizo que sonaran los tambores de la guerra. Durante treinta y nueve días y treinta y nueve noches retumbaron los tambores llamando a los guerreros al combate sagrado de los mayas. También se les comunicó a los hombres el sitio de la reunión. "Tenemos que luchar por la libertad de nuestro país". Los guerreros jóvenes y viejos salieron de sus escondites. Se vinieron por la noche, ocultando sus armas bajo sus vestimentas. Los arcos se alistaron de nuevo y las flechas estaban preparadas para atacar al enemigo. Y más y más hombres llegaron, así como de las gotas de agua se forma un río; así se llegó a reunir un gran ejército para combatir. No temían a la muerte que llegaba de los cañones de los invasores con su trueno y rayo mortal.

Huasca Michaquí condujo a sus 30.000 hombres al campo de batalla. Así como se precipita una tormenta con viento, lluvia y granizo sobre la tierra, así cayeron las flechas y lanzas sobre los enemigos.

Los españoles se retiraron las fortalezas que habían construido. Con sus escopetas y pequeños cañones les era fácil combatir a los indígenas. Toda su valentía y combatividad no fue suficiente para llegar a la victoria. Se calló el trueno de las armas de fuego. No se oía nada más que los quejidos de los heridos y los moribundos. Cuando cayó la noche, el campo de batalla estaba cubierto con los cuerpos sin vida de los guerreros. Los que aún podían caminar, cargaban a sus muertos y heridos sobre sus hombros. Entre los malheridos se encontraba el gran Huasca Michaquí, a cuyo cargo estaba las tropas. Una bala le había herido gravemente una pierna y se desangraba poco a poco. Los dolores eran insoportables, pero más le dolían la derrota y la muerte de la mayoría de sus guerreros. No había posibilidad de reconquistar el imperio. Sus hombres trataron de impedir que Michaqui se desangrara. Lo cargaban sobre una camilla de palos y ramas. Una vez alejados del campamento del enemigo y sobre las colinas, se detuvieron a oír las palabras de su comandante. La luna había salido, la planicie se extendía ante ellos y se oía el oleaje del mar. Sí, eso era Yucatán, su patria, que tuvieron que abandonar, para dejarlo en manos de los conquistadores y su crueldad.

Y Huasca Michaquí se incorporó haciendo un último esfuerzo y gritó: "Maldícenos tú, espíritu del mal, gran Yorcán. No fuimos capaces de defender nuestro imperio. No permitas que la muerte se apodere de nosotros. Haz que continuemos luchando por nuestra libertad. Que nuestras mu-

jeres sigan escondidas en la selva, pero déjanos ser a nosotros, hombres, testigos de nuestra incapacidad de luchar con armas que no sirven. Haz de nosotros defensores de nuestra tierra. Déjanos ser monumentos del deseo de proteger nuestro país. La libertad es un don del dios Sol. Mantengámonos como testigos de nuestra sed por libertad". Después de haber pronunciado estas palabras, el gran Huasca Michaquí cayó muerto. Todos sus hombres pudieron ver cómo de su cuerpo y sangre se empezó a elevar una planta desconocida. El cacto había nacido. Tenía largas espinas y los troncos carnosos eran de verde oscuro como para resistir sequías. Poco a poco, todos los guerreros muertos y heridos se convertían en cactos. Parecían formar una muralla impenetrable, protegiendo al país contra nuevos invasores.

¿Y qué pasó con las mujeres mayas escondidas en la selva? Ellas también se convirtieron en plantas, en orquídeas hermosas que se ocultaban en la selva. Lo raro de estas orquídeas era que no se dejaban arrancar. El alma de las mayas se liberará cuando los templos y edificaciones de este gran pueblo sean reencontrados y apreciados por los habitantes de México.

¿Cómo se formaron
las cataratas de Iguazú?

PARA ENCONTRAR UNA RESPUESTA HAY que regresar a tiempos lejanos, a los tiempos en que vivían los guaraníes en las orillas del gran río Paraná. Ellos gozaban de la amistad del poderoso dios Tupá.

Tupá era bondadoso. Les había regalado la semilla del maíz y les daba abundantes cosechas. Tupá los protegía contra las tribus enemigas, les ayudaba a que sus flechas y lanzas alcanzaran a los animales y los peces durante la caza cuando se metían en el río para conseguir comida. No había enfermedades, pero todo eso se lo atribuían al sacrificio que cada año se hacía para apaciguar al hijo del gran Tupá, que era un ser maligno, lleno de pestes que contagiaban a los hombres, a los animales y a las plantas. Él también podía sembrar la envidia y la guerra entre hermanos.

Nadie se acordaba bien de la fecha en que había aparecido Mavoí, una enorme culebra que se deslizaba por el río y devoraba a quien pudiera atrapar. Pero Mavoí no se conformaba con los animales que se le ofrecían, no. Él exigía una niña virgen todos los años en la misma fecha.

Las niñas elegidas para tal sacrificio obedecían al cacique y al chamán que las preparaba para ser arrojadas al río y ser así reconocidas como las esposas del dios Mavoí. Como

93

la tribu realmente se salvaba de calamidades, las niñas no se rebelaban al ser escogidas.

Una vez le tocó a Naipí, la hija del cacique, prepararse para el sacrificio que se celebraba cada verano, después de recogida la cosecha. Se necesita maíz fresco y bueno para preparar la bebida de la gran fiesta. Varias semanas antes de la "boda", porque así se llegó a llamar la ceremonia, se empezaba a machacar el maíz. Lo echaban en ollas de barro y lo exponían al sol para fermentarlo, no sin antes añadirle hierbas sagradas y agua del río. Para la novia se tenía una olla diferente, con una receta especial del chamán, porque no embriagaba como la otra preparada en las vasijas grandes, sino que hacía caer a la niña en un sueño que casi parecía el de la muerte.

Naipí fue la primera de las doncellas que se rebeló contra su destino impuesto por la tribu. Sintió que era duro perder la vida cuando se estaba enamorada. El guerrero Tarobá había conquistado su amor y le dijo que no era cierto que ese sacrificio tuviera que hacerse. "No es posible que un dios escoja cada año una esposa nueva. Vamos a huir. Voy a preparar una lancha que nos llevará a lo largo del río hasta praderas que no pertenecen a nadie. Allá construiremos nuestra vivienda. Llevaré todo lo que necesitamos, mis armas y las semillas del maíz. No sufriremos siendo esposos; no necesitaremos ni familia ni tribu; verás que nos irá bien. Cuando te ofrezcan la bebida sagrada que te dejará inconsciente no la tomes. Te ayudaré a cambiarla por algo que no te hará daño".

Realmente pudieron cambiar el contenido de la olla sagrada, decorada con signos religiosos, por una bebida que tenía el mismo aspecto. La ceremonia empezó como todos los años. Primero se ofrecía comida, pescado, carne, arepas de maíz y después toda la bebida que cada uno quisiera. El ambiente era de fiesta y alegría. Bailaban las danzas sagradas que Tupá pedía a los hombres. Cada una tenía un significado distinto. El chamán y el cacique vigilaban todas las ceremonias, que debían tener el mismo orden para no enfurecer al dios Culebra.

Después de que todos caían borrachos, siempre se esperaba hasta la madrugada para llevar la doncella al río. Ella, inconsciente, y decorada con flores y ramas, era lanzada a la corriente. Todos después confesaban haber visto cómo Mavoí, la culebra, se la llevaba a su morada.

Nadie se dio cuenta de que la inconciencia de Naipí era fingida. Tampoco notaron que Tarobá no había venido a la fiesta. Los dos enamorados se encontraron río abajo en la orilla, se metieron a la canoa y con la ayuda de la corriente y los remos llevaron el bote velozmente. Pronto estaban lejos del pueblo.

Pero Mavoí había observado los preparativos de la fuga. Los celos se apoderaron de él. No podía permitir que otra persona tomara por esposa a la bella Naipí. Con rapidez se deslizó por las aguas del Paraná y ya estaba por alcanzarlos, cuando se dio cuenta de que estaban llegando al límite de su región, en donde se le respetaba como dios. Era el punto donde el río Iguazú se une con el río Paraná. Reunió todo el poder que le quedaba en su mente e hizo que se estremeciera la tierra. Se levantaron rocas dentro del río y se formó una cueva profunda en su lecho. La canoa de los dos enamorados fue arrojada hacia lo alto. Tarobá quedó parado entre las rocas. Vio la enorme cola de la bestia y la atacó, no sólo con el remo que le había quedado en la mano,

sino también con las rocas que estaban a su alcance. Arrojó tantas piedras enormes encima de la cola de la culebra que ésta quedó atrapada y no se podía mover. Pero aun así siguió dando azotes con la punta de su cola. Las aguas se tornaron tan turbulentas que taparon al guerrero. Murió erguido entre las rocas. Naipí cayó al fondo de las cataratas que se habían formado.

Se dice que en algunos días se ve la silueta de un hombre entre las rocas y a veces también la figura de una mujer acurrucada entre las aguas espumosas.

Sólo cuando se forma un arco iris al fondo de las cataratas, pueden oírse las palabras de amor que Naipí le susurra a su lejano enamorado Tarobá, a quien jamás podrá alcanzar.

Los guaraníes se dieron cuenta de las enormes cataratas que se formaron en la confluencia de los dos ríos, y reconocieron el cuerpo de la culebra, el hijo de Tupá, relucir entre las aguas. Celebraron la muerte de este ser maligno y atribuyeron la victoria al guerrero valiente que combatió al ogro. Ellos decidieron acabar para siempre con los sacrificios y más bien confiar en la bondad del gran dios Tupá.

La maldición del abuelo

A LA ORILLA DEL PODEROSO RÍO PARAGUAY, entre una densa selva, se levantaba una pequeña choza. Estaba cubierta con hojas de plátano, y a pesar de mantener abierta la puerta, adentro el aire se sentía caliente y sofocante, como suele ocurrir en los meses de verano sobre todo en diciembre. Delante de la choza estaba sentado un muchacho tallando

puntas de flecha de madera dura. Quería salir a cazar con un amigo y por tanto tenía afán.

Dentro de la cabaña estaba acostado el abuelo del joven. Éste oía la voz del abuelo que le decía: "Tráigame la totuma con un poco de agua". El muchacho se hizo el sordo, no quería ser interrumpido en su trabajo. De nuevo el abuelo le pidió agua. El joven le contestó: "No tengo tiempo. El río está a la vista. Levántese y vaya usted mismo por el agua. Tu pipa se está apagando". Así se decía en el pueblo cuando alguien estaba muriéndose.

El viejo trató de levantarse, pero sus pies no le obedecían. Se volvió a caer en su lecho sobre el piso. "Si che pito o güe", dijo el viejo. "Sí, mi pipa se está apagando, pero tendrás que repetir estas palabras que te estoy diciendo", y repitió de nuevo en lengua guaraní: "Si che pito o güe".

La voz del abuelo estaba todavía sonando cuando alcanzó a su nieto delante de la puerta. En ese instante desapareció el joven. Se transformó en pájaro y comenzó a cantar: "Si che pito o güe, si che pito o güe". Había nacido el bentaveo con su plumaje de color amarillo azufre, con manchas carmelitas y blancas, su pico y cabeza de color negro.

El nieto no parecía triste con su nuevo atuendo. Despreocupado, saltaba de un lado a otro. Se fue volando hacia el río y empezó a buscar comida. Encontraba abundantes insectos, ranitas y otros bocados entre los bejucos que crecían cerca del agua. Seguía cantando: "Tu pipa se está apagando si che pito o güe" y ese grito lo lanza hasta el día de hoy.

Crespín y Crispina

HACE MUCHO, MUCHO TIEMPO EN LA selva, cerca del río Paraná, vivía una viejita con sus dos nietos, Crespín y Crispina, que habían perdido a sus padres.

Esto sucedió aquel día, cuando sus padres pescaban a orillas del Paraná, y éste repentinamente creció, envolviéndolos en sus aguas, sin que tuvieran la oportunidad de salvarse. Por esta razón, Crespín y Crispina vivían con su abuelita. La amable viejecita los cuidaba. Crespín ya sabía manejar el arco y la flecha. Traía palomas y otros animalitos que se freían. Además, buscaban frutas y nueces en la selva y al lado de la choza sembraban un maizal.

No tenían mucho para comer pero tampoco aguantaban hambre.

La abuelita sabía tejer. Hacía unas telas hermosas en el telar, que tenían en un rincón de la choza. Pero, últimamente, ella ya no lo podía manejar. Se había enfermado. "¿Cuándo iremos al pueblo, abuelita?", preguntaba Crispina."¡Tengo muchas ganas de ir!" Pero Crespín le hacía señas para que se callara. La abuelita estaba demasiado enferma. Y ¿cómo no se iba a enfermar? El techo de la choza se dañó con el tiempo. La paja se pudrió. El padre de los niños traía la paja de una laguna y sabía cómo colocarla. Crespín no conocía el camino y además no podía dejar solas por mucho tiempo a la viejita ya su hermana. El pueblo también quedaba muy lejos, y ellos no tenían familia allá que les ayudara. Nunca habían dejado la choza sin la abuela.

"Tengo mucha sed Crispinita", decía la abuela. "¿Por qué no vas con la totuma a traerme agua fresca?" La niñita corría hacia la orilla del río y regresaba lentamente para no derramar el líquido. Le alzaba la cabeza a la abuela para que tomara el agua. ¡Cómo Ardía su frente! Estaba muy enferma. ¿Cómo se mejoraría? ¡Con la lluvia que penetraba por el techo, la choza húmeda y sin lugar donde se pudiera abrigar! "¡Ay, si tuviera un poco de aquella miel milagrosa que se consigue en Apamisque! Seguramente me aliviaría. ¡Ayayay, pero no hay quién me la traiga!" Crespín oyó lo que pedía su abuela. Estaba sentado delante de la puerta arreglando sus flechas. "Claro que todavía soy un niño" pensaba, "y tan pequeño". Él no tenía miedo de nada; sentía que podía bajar a aquel abismo. Tal vez encontraría a ese curandero que preparaba miel mezclada con hierbas. Hierbas que rezaba antes de mezclarlas. Con esa miel mucha gente se había curado.

Quizá su abuelita también se salvaría. Tenía que hacer el ensayo.

Pensando en esto entró en la choza. Empezó a revolcar lo que tenía su abuelita escondido en un rincón. Él recordaba que ella había terminado una tela antes de caer enferma y la encontró. Era un paño con figuras en rojo y negro sobre un fondo gris y blanco. Tal vez el brujo le daba la miel si le regalaba la tela.

"No te vayas Crespín", lloraba la hermanita. Trató de detenerlo. "Me da miedo quedarme sola con mi abuelita. ¡Ella ya no me habla y no me contesta, cuando le pregunto algo!" Pero Crespín se fue y desapareció en la selva.

Cuando empezó a caer la noche, la niña salió a llamar a Crespín. No podía creer que fuera a dejarla durante toda la noche. Llamando a su hermano se alejaba más y más de la casita, pero todavía conocía el camino para regresar. ¡Cómo lloraba! El llanto no le permitía seguir llamando a su hermano. La noche caía rápidamente. "Mejor voy a donde mi abuelita", sollozaba la niña. Cuando llegó a la choza la abuelita ya no se movía. No respiraba. "¡Abuelita me dejaste sola!" Crispina le tapó la cara. Empezó a soplar las cenizas del fuego y le echó leña. Buscó las hierbas sagradas que su abuelita había secado y las dejó quemar. Un humo fragante inundaba el aire de la choza y la niña entonó las canciones para los difuntos. No las recordaba muy bien, pero las había escuchado en el pueblo. Pronto se cansó. No podía cantar sola. Tenía que buscar a su hermano.

Sentía que era un pecado abandonarla. Le habían dicho que los espíritus del mal se apoderaban del muerto. Pero no podía quedarse allí. Le rogó a Tupá: "¡No me desampares, permite que encuentre a mi hermano!" Había dejado de llover y la luna iluminaba el camino que tomaría. Recordaba que la abuelita le había hablado de Apamisque. Seguramente Crespín se marchó hacia ese rumbo. Y la Luna le ayudó. La luz iba mostrándole el camino para seguir. Claro que se rasguñaba y los pies se le llenaban espinas, pero ella no se cansaba. Y al fin estaba cerca de aquel abismo que había oído mencionar. En vano trataba de encontrar por dónde bajar. Todo estaba cerrado, como cercado. Las paredes de las rocas se precipitaban hacia el fondo del abismo.

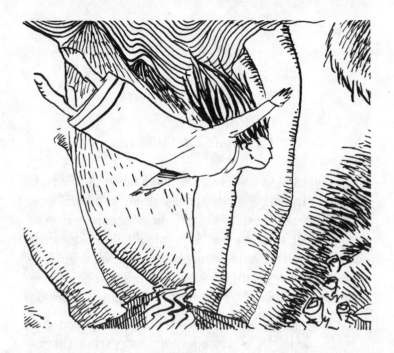

Otra vez llamó a su hermano. Otra vez pidió ayuda al gran Tupá, pero nadie le contestó.

Pasó la noche y la mañana teñía de gris los árboles, los cerros las rocas. La niña decidió saltar al vacío. No sabía qué más hacer. No podía quedarse sola en aquella selva. Pero Tupá sí había oído la voz de la niña. En el momento que se lanzó, la transformó en un pajarito. Le dejó su voz triste que sigue llamando a su hermano: "¡Cres-pín, Cres-pín!"

Lo raro es que el pájaro viste los colores de la tela que llevaba Crespín, cuando salió en busca del curandero. Su espalda es negra; el pecho es blanco y gris y la cabecita rojiza.¿Tupá también le dio la vida eterna al hermano? Creo que sí, porque Tupá es bondadoso y seguramente quiso que los hermanos se volvieran a encontrar.

La leyenda del urutaú

EN LOS BOSQUES QUE RODEAN LOS majestuosos ríos Paraná y Paraguay vive un pájaro de plumaje negro verdoso. Sólo en la noche se oye su extraño canto, que a veces parece un sollozo lleno de tristeza y que de pronto estalla en carcajadas que parecieran provenir de una persona: tal vez de un loco. ¿Quién será este pájaro y por qué se pronuncia de esta manera tan desgraciada? ¿Por qué este llanto tan desesperado?

Hace ya muchos siglos, vivía un cacique poderoso en el pueblo de Itatí. Los guaraníes adoraban y temían al gran Yaguarú. Ninguna tribu vecina se atrevía a acercarse a sus viviendas para hacerles daño, pero tampoco para asegurarse de su amistad y benevolencia. Estaban aislados. Pero un día hubo un ataque enemigo, algo que no sucedía en años.

Kiyá, un joven cacique, no quería respetar los límites puestos por Yaguarú a la región que él dominaba.

Bueno, quizá había otra razón para la llegada del joven enemigo. Tal vez había oído de la gran belleza de Urú, la hija de Yaguarú. No había niña con una cara tan hermosa, unos cabellos negros tan brillantes y unos movimientos tan suaves y seductores, como los de Urú. El joven sorpresivamente se presentó en su tienda. Llegó armado, pero muy pronto dejó caer su cuchillo. Finalmente, se arrodilló ante Urú para estar a la misma altura de sus ojos, que ya lo habían hechizado. "Es cierto lo que me han contado de ti", murmuraba. "Urú, te pediré como mujer. No creo que tu padre se vaya a negar, porque mi tribu es igual de grande a la tuya. Y si nosotros nos unimos se acabará la enemistad entre las tribus guaraníes. ¿Qué piensas tú, hermosa flor del Paraná y del Paraguay?" Urú tampoco pudo desprender su mirada de los ojos del guerrero. "Yo también quiero la paz", exclamó. Ella sintió que el amor le estaba invadiendo y que le surgían sentimientos hasta ahora desconocidos. En este momento, aparecieron otros jóvenes de la tribu enemiga. "No te demores más", gritaron. "Rápido, tenemos que huir. Yaguarú te matará si te llega a encontrar aquí". Se oía el tumulto del combate, pero Kiyá no se levantaba. "Yo nunca he amado a una mujer", dijo, "pero tú despertaste mi corazón. Serás mía, o no podré seguir viviendo". Recogió de nuevo su cuchillo, cortó el cuero del toldo y escapó.

Unos días después del ataque, Urú se presentó ante su padre y le dijo que quería casarse con Kiyá. "Quiero que haya paz entre nuestras tribus". "Eso no lo permitiré", contestó Yaguarú. "¿Dónde quedó tu orgullo? Sabes muy bien que ellos sacrificaron mucha gente nuestra. Deja de pensar en ese hombre. Tú eres joven y pronto lo olvidarás. Buscaré un esposo para ti".

Urú no cesó de llorar y en la noche desapareció. El cacique mandó a varios hombres en su búsqueda. Pero fue imposible encontrar a la niña en los bosques.

La llamaron por su nombre por todos lados y le aseguraron que su padre perdonaría la fuga. Consultaron a los chamanes, para averiguar si ellos descubrían su escondite. Ellos determinaron que todos los hombres de la tribu salieran en su búsqueda a lo largo de las orillas del río Paraguay, y efectivamente la encontraron en las ramas de un árbol, comiendo de sus frutos. No quiso bajarse.

Le gritaron: "Vimos a Kiyá. También te estaba buscando. Pero nosotros lo capturamos y vengamos a nuestros compañeros. Como ves, es inútil que sigas esperándolo. Regresa a tu pueblo. Tu madre está llorando por ti. Tu padre te espera con los brazos abiertos. Ven con nosotros". Después de oír la triste noticia de la muerte de Kiyá, ella bajó lentamente del árbol. Ya en camino a casa, sorpresivamente salió corriendo. Nadie la pudo alcanzar. De todos modos, sus ojos habían perdido el brillo. Su falda estaba rota y sucia. Ya no era la niña hermosa que todos conocían y amaban. "¿Se enloqueció?", se preguntaban los guerreros. "¿Ahora sí la perdimos para siempre?" Mientras se hacían estas preguntas y sin saber qué hacer, de pronto vieron volar un pájaro desconocido, cuyo plumaje les hizo recordar inmediatamente la vestimenta de Urú.

"Seguramente el gran Tupá la habrá transformado en pájaro", dijeron cuando escucharon el canto que semejaba el llanto y la risa. Ella permanecerá en la selva, seguirá buscando a su enamorado y llorará por él para siempre.

La tribu le dio al pájaro el nombre de urutaú, que quiere decir en guaraní desdichada Urú. Aún hoy siguen llamándolo así entre los pobladores que habitan las selvas a lo largo de estos dos grandes ríos.

La leyenda del timbó

EN LAS SELVAS DEL PARAGUAY HAY unos árboles gigantes que se elevan sobre los otros, los llaman timboes o timbouvas. Pero no es su tamaño ni sus hojas tan verdes lo que ha originado leyendas a su alrededor; son los frutos negros del árbol que parecen orejas humanas.

Los guaraníes aman todas las plantas que crecen y florecen en su territorio y se sienten muy unidos a ellas.

Hace muchos siglos, vivía un cacique muy poderoso en esta selva. Su tribu lo respetaba y las tribus vecinas vivían en paz con ellos. Parecía que aún no se habían dado cuenta de que este hombre temerario ya estaba volviéndose viejo. Casi no salía de su vivienda. Jóvenes ya manejaban los asuntos de la tribu, pero siempre se buscaba su consejo. Se le envidiaba por su hermosa hija, que estaba obligada a cuidar a su padre. Todo el tiempo le exigía favores. Le tenía que preparar la comida, alcanzar las bebidas y hasta lo tenía que bañar y vestir. Ella cumplía sus oficios, pero permanecía triste, porque el padre no la dejaba salir ni un momento.

En esta tribu se respetaba a los ancianos. Lo que exigía el cacique, se le llevaba. La hija agradecía ese cuidado que le daban pero le amargaba su egoísmo. "Déjame salir de vez en cuando. Te quiero atender y sé que es mi deber, pero me siento como un pájaro enjaulado". El viejo sólo se reía:

"Me tienes que aguantar. Eres el rayo de sol que ilumina mis días. Sabes que una hija tiene la obligación de permanecer con su padre. Te quiero tanto, que no soporto la idea de tener a otra persona a mi lado".

A veces, la niña se asomaba a la puerta. Quería oír los tambores y flautas y gozar con los gritos alegres que venían del baile. Pero no se atrevía a desobedecer a su padre, pues la tribu iba a despreciarla si abandonaba al enfermo.

Pero una mañana el viejo empezó a sentir angustia porque sus llamadas no eran respondidas. Parecía que su hija se había escapado. "Alguien debe saber del paradero de mi niña", les dijo a los que traían su comida. "Se dice que se fugó. Tampoco tenemos noticias de uno de nuestros jóve-

nes, de Abradil, hijo del cacique del mismo nombre. Pareciera que se marcharon juntos, pero no lo sabemos con certeza". El viejo mantenía la esperanza de que su hija volviera. La llamaba desesperado. "Puedes regresar con tu compañero. Te permitiré casarte con él si así lo deseas, pero no me abandones". Y a todos los que venían a vestirlo les suplicaba: "Vayan a buscarla y cuéntenle que la perdonaré". Pero el tiempo pasó y la hija no volvió.

Después de tres lunas llenas, el anciano dijo: "Yo mismo ire a buscarla". Se levantó y emprendió camino. Penetró lentamente en la selva, llamándola continuamente. Colocaba su oído sobre la tierra, para ver si distinguía algún sonido en la lejanía. Pero sólo le llegaban los ruidos de los animales que se movían por el bosque.

La tribu estaba preocupada. "El anciano nunca podrá encontrar a su hija", decían. "Iremos por él". Y salió un grupo de jóvenes a buscarlo. Y efectivamente lo encontraron. Estaba muerto. Yacía entre algunos arbustos. Su cabeza estaba posada sobre una oreja al suelo. Cuando lo quisieron levantar, vieron que de su oreja nacían raíces y que éstas no se dejaban desprender de su cabeza. Tuvieron que cortarle la oreja y dejarla en el sitio.

Cuando volvieron, después de varias lunas llenas, al mismo lugar, vieron que había nacido un hermoso árbol. Estaba florecido y tenía algunos frutos que semejaban orejas humanas. Varios años después, este árbol se elevaba con su copa sobre toda la selva, como si estuviera aún buscando a su hija perdida. La historia de este milagro se siguió contando. Todos respetaban al timbó, el árbol a través del cual el cacique recibió la gracia de la vida eterna.

PERÚ

Leyenda del árbol tenejote

HACE MUCHO TIEMPO GOBERNABA UN buen rey en el imperio de los incas. Se consideraba hijo del gran Sol. Él no gobernaba solo. Tenía un grupo de sabios que le ayudaban a resolver los problemas del imperio. Los consejeros pertenecían a las familias más nobles. Uno de los ancianos tenía un hijo –se llamaba Tenejote– que se había destacado por su inteligencia, su habilidad para dirigir la gente y hacer obedecer las órdenes del gobernante.

Tenejote esperaba ser admitido en el consejo. El día de la fiesta de la fertilidad fue el escogido para dos grandes ceremonias: ser elegido miembro del consejo y contraer matrimonio.

El día señalado amaneció caluroso, pero la ciudad estaba llena de regocijo. Las gentes danzaban y la música de flautas y tambores se escuchaba por todas partes. Las cosechas eran abundantes. El trabajo del pueblo había dado sus frutos. Pero también la sabiduría del consejo había tenido su recompensa, porque supo organizar el trabajo.

Dentro de este regocijo, en el palco principal se encontraba la corte y allí, acompañada de su dama de honor, estaba la bella Tajahuaki, la futura esposa de Tenejote. En honor a ella, se encendieron las llamas en el templo, alimentadas continuamente con resinas aromáticas, las cuales producían una fragancia que se extendía por toda la plaza.

Tajahuaki no podía buscar los ojos de su amado, pues conversaba con su dama de honor, quien le mostraba las figuras formadas por las nubes. Realmente, el cielo estaba muy raro: el viento cambiaba a cada instante la apariencia de las nubes que, en algunos momentos, no permitían ver claramente los rayos del sol.

"Hoy es el día más feliz de mi vida", exclamó la princesa, y dirigiéndose a su doncella le dijo: "Xinajul, ¿por qué no estudias las formaciones de las nubes y me cuentas cuál será mi destino? Tú eres la única que sabe lo que sucederá en el futuro. Tú conoces las estrellas, los vientos y las nubes. A todo el pueblo le cuentas su destino. Hoy también me importa a mí; ¡cuéntame qué va a pasar!"

Xinajul dirigió su mirada hacia el horizonte, llena de alegría, pues estaba segura de que a su bella ama jamás algo malo podía ocurrirle. Sin embargo, su cara perdió la alegría. Sus ojos demostraron la angustia de su alma. Tapó con las manos su rostro. No podía revelarle a la princesa lo que estaba viendo.

Xinajul había visto en las nubes horrorosos combates, muerte y destrucción. Hasta sus oídos llegaban gritos de angustia y ruidos ensordecedores al derrumbarse muros y piedras. Así, inclinándose para tapar más su cara, dijo: "¡Que el gran dios Sol nos ampare!" Mientras decía esto, pensaba que seguramente se aproximaba uno de los grandes terremotos, que de vez en cuando sacudían el territorio.

"¡No!", sollozó, y mirando a la princesa dijo: "Nada te puedo decir. No estoy segura de lo que veo; debo esperar a que la noche venga para consultar con las estrellas, antes de predecir tu futuro".

La princesa estaba realmente alarmada. Nunca había visto a su amiga tan confusa. Sin embargo, pensó: "Hoy seré la esposa de Tenejote. Él me protegerá. No debo temer al futuro. ¡Porque mi novio es noble, el mejor de los hombres y el más valiente de los guerreros". Y mirando a su doncella trató de consolarla, repitiendo en voz alta su pensamiento.

En este momento se empezó a oír el ritmo de los charangos. La multitud que llenaba la plaza, calló. Todos esperaban la señal para formar el cortejo con la pareja de novios a la cabeza, y dirigirse a la fuente del agua sagrada de la fertilidad, cerca del templo del dios Sol.

En presencia del consejo, los novios celebraron su unión y sumergiendo las manos en el pozo juraron ser fieles y buenos esposos.

Más tarde, los esposos fueron recibidos por el mismo rey. Niñas vestidas de lana blanca dejaron escapar de las jaulas palomas blancas, portadoras de la noticia del feliz acontecimiento a todo el reino. Tenejote y Tajahuaki eran esposos.

Lentamente, los representantes de las diferentes tribus iban acercándose para entregar sus presentes. Crecía el montículo de lindos objetos a los pies de los esposos; telas tejidas en lana de llama con hermosos dibujos de animales y colores preciosos, vasijas de oro con altos relieves que significaban la fertilidad y la felicidad. Y también había vasijas de barro con lindos dibujos, llenos de granos y frutas frescas de la cosecha, que ya finalizaba.

El Sol se ocultó en el momento en que la pareja regresaba al palacio. Las nubes estaban teñidas de rojo bermellón.

En ese instante se oyó el ruido de un trueno, nunca antes escuchado. Era fuerte y retumbaba en las montañas, como presagiando destrucción. La gente que todavía quedaba en la plaza se estremeció de terror. No tuvo tiempo de serenarse. Por todos lados caían rayos acompañados de un ruido ensordecedor. La gente caía al suelo. La sangre teñía la plaza, se oían gemidos que provenían de los mismos lugares donde antes se escuchaban cantos de alegría.

Los que todavía se encontraban de pie, lanzaban gritos para que las mujeres se retiraran. La confusión era total y ellos buscaban afanosamente sus armas para lanzarse contra el enemigo. Los mismos tambores que celebraban antes la vida, sonaban ahora para la muerte. Trajeron los arcos y las flechas envenenadas. Todos se preparaban para combatir a los invasores. Paso a paso, los combatientes llegaron a los muros de la ciudad, perseguidos por los atacantes. La noche había caído.

Tajahuaki perdió el conocimiento. Sus doncellas la habían trasladado al palacio, pero el ruido de la batalla la hizo volver en sí. "Tenejote", exclamó. "¿Dónde está Tenejote?" Y levantándose rápidamente dijo: "Iré a buscarlo, quiero verlo, deseo saber si está vivo". Inútilmente, las doncellas quisieron detenerla. Ella salió corriendo en busca de su esposo. A lo lejos entre la multitud pudo verlo. Tenejote había reunido un grupo de guerreros para darle un nuevo golpe al enemigo. Él quería impedir que se tomaran la ciudad. La defendía para evitar que las mujeres fueran atropelladas por esa turba de conquistadores.

Mientras tanto, las mujeres también se organizaban, y protegidas por la oscuridad, buscaban a sus hijos y esposos para curarlos. A ellas se unió Tajahuaki, con el fin de acercarse a donde él estaba.

Pero los implacables enemigos empezaron a capturar a las mujeres y entre ellas a Tajahuaki, quien atrajo por su belleza a aquellos extraños guerreros.

Cuando Tajahuaki fue capturada, en su desesperación, lo único que pudo pronunciar fue el nombre de su esposo. Éste la oyó y al volver sus ojos hacía allí vio a su mujer en manos de aquella horda de locos. Su furor aumentó. Y atacó con todas sus fuerzas a fin de recuperarla. Pero el enemigo era numeroso y Tenejote y sus amigos murieron en el intento.

El rayo y el trueno que los enemigos portaban como arma mortal a todos destruyó. La princesa, al ver a su esposo sin vida, se tiró al suelo cubriéndolo con sus brazos. Su llanto era inconsolable. Pero aquellos monstruos no sentían pena. La apartaron y la amarraron.

Tajahuaki no entendía lo que decían; jamás había sido tratada con tanta crueldad. En su desesperación cayó al suelo, y cuando los soldados quisieron levantarla, vieron que estaba sin vida. Su cuerpo expiró junto al de su esposo.

Antes del amanecer, la lucha disminuyó. Esta tregua fue aprovechada para sepultar los muertos, en el mismo lugar donde cayeron. Todos sabían que al día siguiente continuaría la batalla. Y realmente ésta se reanudó; los invasores vencieron a los guerreros y destruyeron el imperio inca que horas antes era un lugar de paz y felicidad, dentro de una organización justa.

El pueblo vencido tuvo que recoger sus riquezas y los regalos que el día anterior fueron para Tenejote y su esposa. Las ofrendas de fertilidad y dicha se convirtieron en demostraciones de dolor y exterminio. Los conquistadores no apreciaban la belleza de los dibujos, ni el colorido de las piezas. Para ellos sólo representaba el dinero que cobrarían por esos tesoros. Pero su codicia los llevó a otras tierras. Y los pocos que quedaron en aquel lugar veían cómo crecía un hermoso árbol cubierto de flores, preciso en el sitio donde habían sido sepultados los cuerpos de Tenejote y su esposa. El tronco era fuerte y grande, igual al príncipe Tenejote, y las flores y las hojas eran delicadas y bellas, como el rostro de Tajahuaki.

Los dioses permitieron que la unión de los dos príncipes se consumara eternamente, creando aquel hermoso árbol como símbolo de amor y felicidad. Sus semillas se han diseminado a lo largo del tiempo, para perpetuar en la historia a aquellos dos que siempre se amaron.

Cómo apareció el colibrí, o de cómo llega el alma de un niño indígena al cielo

SÓLO UNAS POCAS TRIBUS INDÍGENAS DE la cuenca del gran río Amazonas no han sido tocadas por la civilización de los blancos, pero se guardan los recuerdos del tiempo en que la selva pertenecía a los indios y en el que sus dioses los protegían y les daba el alimento que necesitaban. La tribu sabía cuáles animales podían cazar y cuáles no. Además, el chamán les enseñaba a los jóvenes la sabiduría acumulada durante miles de años, antes de aceptarlos como adultos. Todo en su vida tenía su ciclo y cada persona sabía cuál era su deber con los dioses y con su tribu.

Yabará había perdido a su esposo. Durante una cacería, un tigre atacó a Guayquí y los otros hombres no llegaron a tiempo para ayudarlo; se desangró, y no fue posible salvar su vida. Yabará acababa de dar luz a su hija que siempre llevaba a su espalda. No pudo aguantar la tristeza y lloraba y lloraba. Cuando las mujeres iban a sacar la yuca brava que se necesitaba para la torta de casabe y la mandioca, ella ayudaba a rallar y a lavar la yuca para extraerle su veneno. La hijita observaba. Ésta debía aprender los oficios y muy pronto tendría que ayudar. Las mujeres distribuían la carne cuando los hombres regresaban con su botín. Eran las responsables de que todo se dividiera con justicia y de que nadie quedara con hambre.

Pero la salud de Yabará decaía. Pensaba demasiado tiempo en el esposo perdido y no estaba dispuesta a aceptar otro hombre; todavía no. La hijita ya caminaba y la acompañaba a todas partes. Ella preguntaba: "¿Y yo no tengo papá?" "Claro que lo tienes, él te está observando y te espera en otro mundo, a donde todos vamos a llegar algún día". "¿Y cómo se encuentra el camino?", preguntó la niña. "Serás una mariposa bella y sabrás a dónde volar", contestó la madre. Un día, la niña trató de despertar en vano a su madre. Había muerto en su hamaca la noche anterior. "No vi la mariposa que llevó su alma", se quejó la niña. Empezó a correr detrás de las mariposas. "Mamá, ¿estás todavía aquí en la tierra?", preguntaba. Cuando cayó la noche vio una mariposa grande, de un azul luminoso. La persiguió y se perdió en la selva. No sabía cómo volver a la maloca. Y como no tenía padres, nadie fue a buscarla. Se alejó más y más de la maloca de su tribu. Lloraba: "Mamá, ven a llevarme. Me perdí y no sé por dónde ir".

Al otro día, las mujeres de la tribu se dieron cuenta de que la niña había desaparecido. "¿Dónde estará?", se preguntaban. Fueron a buscarla, pero la selva se la tragó. Unos días más tarde vieron un pájaro cerca de la maloca. Jamás lo habían visto. Tenía un plumaje brillante, verde y azul. Volaba de flor en flor para chupar el néctar con su pico largo. "Es el alma de Yabará", decían. "Ella no pudo cargar el alma de la niña siendo mariposa. Por eso los dioses le permitieron ser pájaro. Un pájaro igual de bello a una mariposa. Va de flor en flor para recoger la fuerza necesaria y llevar el alma de su hija al cielo".

Y desde entonces, cuando se ve un colibrí cerca de la maloca, se dice: "Estará buscando el alma de un niño para llevarlo al más allá?"

URUGUAY

El camalote, la maravillosa flor azul

EL CAMALOTE CON SUS FUERTES HOJAS verdosas y sus hermosas flores de color azul crece desde hace varios siglos en las lagunas y en los pantanos del Uruguay. Se dice que la flor del camalote posee fuerzas curativas, que en ella vive el espíritu del bien y que la gente se vuelve amable y bondadosa si lleva hojas y flores en su sombrero, para protegerse del calor intenso de fin de año. Todos aquellos que han sentido el alivio que produce esta planta, están dispuestos a contar su historia, especialmente cuando ya anochece y toman el mate con los amigos, disfrutando la brisa que sube del río y hace olvidar el calor sofocante del verano.

Entonces recuerdan los tiempos lejanos cuando aún se alababa al gran Tupá, que era el padre de los indígenas y de su tierra. Él siempre ayudaba a mantener la paz entre las tribus. Había peces en abundancia, animales para cazar, se cosechaba el maíz y no se sufría hambre en todas las regiones protegidas por el gran Tupá.

Todo cambió con la llegada de extraños navegantes provenientes de otras tierras. Tenían la piel blanca y pelos que tapaban parte de su cara. Pero lo peor de estas personas era que no venían en son de paz. Mataban indiscriminadamente con sus armas de fuego aunque no se les había hecho ningún mal. En la orilla del río construyeron una fortaleza con muros de piedra y torres, algo que los indígenas jamás habían visto. Se escondían rápidamente detrás de esas murallas cuando veían que se acercaban los guerreros indígenas.

Después de tanta muerte, los nativos querían expulsar a los enemigos, que volvieran a montarse en sus enormes barcos y regresaran país del cual habían venido. Los indígenas, obligados a trabajar para ellos, tenían que buscar las piedras que se necesitaban para la construcción de las murallas. No creían en Tupá ni en su bondad.

Alababan a otro dios, a uno que estaba clavado en una cruz. Había unos hombres con vestidos largos, demasiado gruesos para el clima de la tierra de Tupá que trataban de enseñarles el idioma de los invasores y de obligarlos a asistir a las alabanzas que se celebraban en honor a su dios en la fortaleza.

Después de múltiples ataques con arco y flecha, los indígenas se dieron cuenta de que no podían expulsar a los invasores. Había que soportarlos y encontrar una manera de convivir con ellos. Fuera de eso, algunas mujeres se sentían atraídas por las joyas que les ofrecían los blancos para que les trabajaran. Los vestidos de los invasores no les gustaban a los indígenas, pero sí lo que brillaba y adornaba. En las tierras cercanas al gran río no se conocía el oro ni la plata. Las mujeres que lavaban y cocinaban para los forasteros traían a sus hijos para que jugaran en las orillas del gran río mientras cumplían sus deberes.

Al principio, los invasores no trajeron mujeres, pero pronto llegaron. Los hombres que no tenían esposas se llevaban a las niñas indígenas a sus hogares y las sometían a la vida extraña de los conquistadores. A veces, los niños de los blancos se acercaban también a la orilla del río para gozar del baño cuando hacía mucho calor. Se sabía que el río era peligroso, porque formaba corrientes y remolinos que se tragaban a la gente. "No vayan a lo hondo, quédense más bien en la orilla", decían las madres, pero ellos no obedecían.

Una vez cuando los niños de color café y rosado jugaban juntos en el agua, llegó sorpresivamente una creciente del río, y comenzó a caer una fuerte lluvia; era una tormenta que estallaba de repente. Rápidamente, los niños salieron del agua, pero un chiquitín indígena no logró llegar a la orilla. Estaba atrapado en un remolino y se hundía. Una niña rubia vio el peligro en el que se encontraba el pequeño. Sabía nadar y se arrojó al agua para salvar al amiguito, porque así se llamaban entre ellos. Logró sacarlo del remolino y le mantenía la cabeza sobre las olas.

Cuando algunos hombres se lanzaron al agua para ayudar a rescatar al niño, quien además era el hijo del cacique, no se ocuparon de la niña, pensando que ella podía salvarse sola.

Pero las fuerzas de la niña se habían agotado tratando de salvar al pequeño y las olas arrastraron a la niña y nunca más se volvió a ver.

Todos lloraron y clamaron por la vida de la niña. La tribu se reunió en la orilla del gran río. Empezaron a sonar los tambores y los cantos que le pedían al padre Tupá que hiciera un milagro.

"Dale a esta niña la vida eterna, déjala volver a este mundo en forma de una flor, como muchas veces has tenido la bondad de hacerlo". Después de varios días de oracio-

nes se vio nacer una flor azul que antes no se conocía. Las hojas verdes parecían tener la forma de una mano. "¿Tupá nos quiere recordar la mano de la niña que sostuvo valientemente nuestro niño? ¿El azul de los pétalos de la flor los hizo para dejar vivir de nuevo los ojos celestes de la muchacha?". Los indígenas no dudaron de que así se manifestaba de nuevo la gran fuerza creadora de su padre en el cielo, el gran Tupá.

La flor del camalote había llegado a la tierra del Uruguay.

VENEZUELA

La virgen, su corona y
el carpintero real

JACOBO NO SABÍA QUÉ HACER. Su mujer murió cuando nació el último de sus cuatro hijitos. Ahí estaban todos pidiendo atención y llorando por comida. Él trabajaba con el zapatero del pueblo, pero ahora no podía cumplir el horario. ¿Con quién podía dejar los niños? La vecina, una mujer bondadosa, a veces le ayudaba con los quehaceres de la casa, pero ella también tenía oficio en su hogar. Un día, esta vecina le mostró al carpintero real de cresta roja, que había hecho su nido en los árboles en los potreros detrás de su casa. "Ese pájaro tiene cierta magia. A mí me lo contaron los abuelos y ellos lo sabían desde tiempos pasados cuando vivían en aquel país lejano, al otro lado del gran océano".

"Sabías que", dijo ella, "si se le cierra el hueco del árbol viejo donde tiene su nido, trae una flor que es capaz de abrir la entrada. Si se pone un paño rojo debajo del árbol, los carpinteros creen que hay fuego, se espantan y dejan caer la flor. Uno la puede recoger y con ella abrir todos los candados y cerraduras". Jacobo se rió y le contestó a la vecina: "Bueno, eso es un cuento, porque si fuera verdad mucha gente lo hubiera tratado de hacer para conseguir la flor maravillosa. "Sí", le dijo ella, "no es tan sencillo porque el pájaro se asusta fácilmente, se va otra vez y lleva la flor que trajo de la selva".

Jacobo se revolcaba en su cama. "¿Qué voy a hacer? Todo el tiempo pienso en la corona de oro de la virgen que hay en nuestra iglesia. La virgen no la necesita tan urgentemente como yo. Si realmente logro abrir los candados que cierran el portón de la iglesia, lo haría durante una noche oscura, cuando todo el pueblo esté dormido. Pero primero debo conseguir aquella flor. ¿Por qué no he de probarlo? La vecina me contó bien claro todo lo que hay que hacer". Al otro día observó el árbol donde el carpintero tenía su nido. Era un orificio pequeño, redondo, donde apenas cabía su cuerpo. Se oía a los polluelos pidiendo comida.

"Este es el momento apropiado. Los pajaritos se morirán de hambre si no se les da de comer". Se acercó al nido con una escalera, subió y midió el tamaño del hueco. Hizo un tapón de madera para taponar el nido del carpintero, pero tenía que esperar hasta el domingo, día en que había una feria en la plaza y todo el mundo iba a ver lo que se ofrecía allí. Le pediría a la vecina llevar a sus hijos y dejarle a él sólo el bebé que dormiría en su cuna.

Y realmente Jacobo logró estar solo ese domingo. Tomó una falda roja de su mujer y se escondió con su escalera en los arbustos, cerca del nido. Cuando los dos pájaros carpinteros salieron del hueco del árbol, puso la escalera, colocó el tapón en la entrada del nido y se escondió de nuevo. Llegó el carpintero con su pico lleno de comida. Los polluelos lo esperaban. Se oían sus chillidos. El carpintero se dio cuenta del tapón. Regresó a la selva. Éste era el momento para extender la falda roja. El pájaro regresó, y al ver lo rojo debajo del nido dejó caer la flor. Jacobo la cogió con manos temblorosas. Corrió hacia su casa para guardar el tesoro. En un rincón de la cocina escondió la flor. La puso en agua, para que no se marchitara.

Después volvió corriendo al nido de los carpinteros. Recogió la falda, puso la escalera y abrió la entrada del nido. Los carpinteros volaban a su alrededor y casi lo hacen caer con el revoloteo de sus alas. "Tengo que ir esta misma noche", pensó Jacobo. "Quién sabe cuánto durará el hechizo de la flor".

Dejó la casa bien cerrada. Miró a los niños que estaban dormidos en una sola cama y se fue al pueblo. Se acercó a la puerta de la iglesia y con la flor tocó el candado que aseguraba la entrada. Y, ¡milagro! realmente se abrió y dejó pasar al ladrón, porque eso era él en ese momento. Se arrodilló ante la imagen y luego estiró las manos para quitarle la corona a la Santa Madre de Dios. Pero entonces, la imagen empezó a hablar: "Jacobo, te conozco y también conozco tus necesidades. Pero robar no es la solución a tus problemas. Todo lo robado lleva una maldición consigo. Te ayudaré. Bajo el mismo árbol donde extendiste la falda roja, encontrarás algunas monedas de oro, que quedaron ocultas cuando hubo un asalto al pueblo. El dueño está muerto. Tú las puedes tomar para establecer una zapatería en tu casa. Tendrás clientes, podrás comprar buen cuero con el oro que encontrarás. Si tu negocio empieza a dar ganancias, podrás casarte de nuevo. Con eso también te ayudaré: te mandaré una muchacha buena. Pero algo tienes que prometer. Tan pronto hayas ganado lo suficiente, me devolverás el oro que te estoy ofreciendo. Y jamás tratarás usar de nuevo el hechizo de la flor. El trabajo honesto es lo que te voy a exigir".

Jacobo cerró la puerta de la iglesia y se fue llorando a su casa. Tomó la pala, se dirigió al árbol y empezó a cavar. Y efectivamente, dio con el pequeño tesoro que había quedado escondido durante tanto tiempo. Jacobo hizo todo lo que la virgen le propuso. Y la buena suerte lo acompañó. La gente apreciaba el buen trabajo que hacía. Se regó el cuento y hasta de la capital llegaron a pedirle botas y zapatos. Después de un año, Jacobo pudo devolverle el préstamo a la Virgen María. Le dio las gracias y le contó que había encontrado una mujer, una madre para sus hijos huérfanos. La imagen quedó muda y entonces Jacobo le entregó el dinero al párroco. "Es para embellecer la iglesia", dijo.

Jacobo no volvió a caer en la miseria. Su trabajo bueno y honesto lo hizo prosperar.